転生男装王女は結婚相手を探さない

月神サキ
Saki Tsukigami Presents

fairy kiss

この作品はフィクションです。
実際の人物・団体・事件などに一切関係ありません。

転生男装王女は結婚相手を探さない

序章　思い出したらＢＬ小説

どうしよう、泣きたい。

――嘘《うそ》でしょ。


現状を理解した私が、真っ先に思ったのがそれだった。

私――アリシア・フロレンティーノが今いる場所は、王立魔法学園の学生寮内にある自分の部屋だ。そんなに広い訳ではないが学生として必要最小限のものは揃《そろ》っていて、シャワーやトイレも完備された個人部屋。

その部屋の隅に備えつけられた勉強机に突っ伏したまま、私は一人呻《うめ》いていた。

思い出すのも恥ずかしいが、つい先ほどまでの私はといえば、目をつけていた男達《たち》に見向きもされず、それどころか酷《ひど》い言葉を投げつけられて悄然《しょうぜん》としながら部屋に戻ってきたというもの。

おかしな話だが、それだけならいつも通り。なんという事はない。

――だが。

今日は今までとは違った。

部屋に入った途端、突然耐えがたい頭痛に襲われて床に膝をつき、ようやく治まったと思ったら、今度は恐ろしい量の情報が頭の中に湧き出てきたのだ。

小説、転生、ＢＬ――――。

訳のわからない筈《はず》の言葉達。

なのにそれらは私の中で全く違和感なく落ち着いた。

それどころかそれらの言葉の意味までをも理解していた。

その情報を自分の中で整理して、なんとか落ち着いたのがたった今。

――正直、信じがたい事実に涙が零《こぼ》れそうである。

嘘みたいな話だが、どうやら私は先ほどの頭痛で、いわゆる前世というものを思い出してしまったみたいなのだ。

前世の私は、地球という星の日本という島国に住む、単なる一般人の女性。

今いる世界とは常識も何もかもが全く違う、魔法ではなく科学が発展した、そんな世界だった。

ああ、うん。嘘だと思うのならそれでもいい。だが、最後まで話を聞いて欲しい。

つまり、私が何を言いたいのかというと――――理解したくもなかったが、なんと私はいつの間にか異世界転生を果たしていたらしいと、そういう事なのだ。

――はははは、実に馬鹿らしい。

だが、衝撃はそれだけにとどまらなかった。

恐ろしい事に、私が得た知識では――――ここはなんとＢＬ小説の世界みたいなのだ。

私が前世で一時期嵌《はま》っていたＢＬ小説『君を取り巻く世界』というタイトルの。

「ありえないわ……」

ぽつりと呟《つぶや》く。

どう考えたってありえない話だ。

転生した先が、まさかＢＬ小説の世界だったなんて。

だが、現実はどこまでも無情だった。

存在する国、人物。色々なもの全てが、それが事実だという事を示していたのだ。否定する要素の方が少なければ、もうどうしようもない。

結局、私は認めるしかなかった。

ここがＢＬ小説『君を取り巻く世界』の世界で、しかもよりにもよって、私自身も登場人物の一人として転生してしまったという事実を。

そう、ＢＬ小説。

大事な事だ、もう一度言おう……ＢＬ小説だ。

ありていに言うと、ホモ。昔風に言うと薔薇《ばら》族。ヤヲイ。男同士の恋愛を描いたもの。

そこに女はいらない。当たり前だ。

「……最悪。こんなの絶望的じゃない」

がつんと額を机に打ちつける。

今までの自分の行動を思い出せば、呻く以外なかった。

よりにもよって女である私が、その小説に出てくる主人公のハーレム要員の男達を落とそうと必死になっていただなんて。あまりにも馬鹿過ぎる。

彼らはいずれ入学してくる主人公、テオ・クレスポのために用意された登場人物達なのだ。しかもＢＬ小説なのだから当然皆、同性愛者（多分）。

私がいくら頑張ったってどうしようもないではないか。

とはいっても私は今男装――――男の振りをして、この学園に通っているので彼らから見れば十分恋愛対象になると思うのだが。

それでも、と思う。

ＢＬ小説の世界というだけで、最初から私に勝ち目などなかったのではないだろうか、と。

私は遠い目になって、半年程前の事を思い返していた。

◇◇◇

「お呼びでしょうか、お母様」

突然の母からの呼び出し。母はいつも仕事で忙しく、急な連絡を受ける事も良くあった。

呼び出された先は母の私室。珍しくのんびりした様子の母は、お気に入りの肘掛け椅子に座ったまま、私に向かって手招きをした。

「アリシア、こちらへいらっしゃい。良い話があるのよ」

南側に設けられている母の私室は明るく広い。

部屋の壁布は母の趣味で淡紅色の布張りが採用されており、宮廷絵師が描いた作品がいくつも掛けられている。天井は幾何学模様の石膏細工《せっこう》。有名な職人が何年もかけて手がけたライティングテーブルや、緻密な彫刻が施された白大理石の暖炉は正に芸術品というに相応《ふさわ》しい。

全体的にキラキラして派手な印象の部屋。

その中にいても一際輝きを放つ私の母は、このフロレンティーノ神聖王国の君主。

魔法大国と謳《うた》われ、特に回復魔法が発展したこの国の女王なのだ。

そして私はその娘。いわゆる王女と呼ばれる存在であった。

母の招きに従って近づきながらも、実際のところ、私はかなり警戒していた。

「良い話……ですか」

嫌な予感がする。女王としてこの国を治める母は、君主としては非常に優秀だが、残念ながらとても厄介な性格をしているのだ。

そんな母はすこぶるつきの笑顔を見せてきた。四十過ぎの女性には見えない、若々しい笑顔だ。

「ええ、そうよ」

……うん。とても機嫌が良さそうだ。

だが、その笑顔の中に黒いものが混じっているように見えるのは気のせいだろうか。

また何かよからぬ事を企《たくら》んでいるに違いない。すぐにそう気がついた。

「お母様、何度も言うようですが……」

「あなたの婚約者を決めたわ」

「……は？」

周囲を困らせるような事はしないで下さい――――。

そう諫《いさ》めようとした私に、母は特大の爆弾を投下してきた。

告げられた言葉の意味を愚かな事に、私は一瞬理解できなかった。

……あまりにも予想外過ぎて。

呆然《ぼうぜん》とする私を余所《よそ》に、母は美しい笑みをたたえたまま話を進めて行く。

「お相手は、あなたも噂《うわさ》くらいは知っているでしょ。隣国の、エステバン王国の王太子。フェルナン王子よ」

「え……」

母の提示した婚約者の名前を聞いて、我に返った。

フェルナン王子？　よりにもよって私の婚約者は彼だというのか。

「フェ……フェルナン王子、ですか……」

「あら、アリシア、嫌なの？」

思わず顔を顰《しか》めた私に、母が実に楽しそうな声音で聞く。

私が嫌がるのを十分理解しての縁談だという事がそれだけでわかった。

――――エステバン王国の王太子。フェルナン王子。

隣国の王太子として生まれた彼は私と同じ年。

公の場にあまり出てこない彼の噂は私でも知っている。

召喚魔法の大家であるエステバン王国の中でも図抜けた才能を持つ王子。高位の召喚獣と契約を交わした事でも知られるが、それ以上に捨て置けない噂が彼にはあった。

それが──物凄《すご》く太っていて、顔は目を背けたくなるような醜悪さ、というものだ。

勿論《もちろん》噂だとはわかっている。だが、さすがにそんな話を聞かされて、年頃の女が彼に対して好印象を持てる筈がない。それは私も同じだった。

私は震えながらも母に再度確認を取った。

俄《にわ》かには信じられなかった……いや信じたくなかったと言った方が正しい。

「お母様……本当に……彼、なのですか？」

「そうよ、不満？」

あっさりと肯定された。

どうやら聞き間違いではないらしい。

誰もが嫌がるフェルナン王子を婚約者に宛てがうなんて、私は母に嫌われているのだろうかと一瞬真剣に考えてしまった。

「不満というか……他にも候補はいたと思うのですが。何故《なぜ》彼なのでしょうか」

国内の適当な貴族に降嫁させるという話もあった筈だ。

王子ならそれこそ他国からの縁談がきていた事も知っている。なのに、何故。

母は当然のように言い放った。

「勿論、彼があなたに相応しいと思ったからよ。試しに打診をしてみたら、先方も随分乗り気でね。婚約は問題なく整ったわ」

「そ、そうですか……」

頷《うなず》くだけで精いっぱいだった。

そりゃあ向こうは乗り気だろう。

今やこの大陸でナンバーワンの結婚したくない王子として有名な彼だ。他に縁談などある筈がない。飛びつくに決まっている。

自分が、悪評判の王子に嫁がねばならない事に絶望すら感じた。

「……あらあら、随分と悲壮な顔をしているわね、アリシア。そんなにフェルナン王子との結婚は嫌？」

「許されるのであれば……お断りしたいです」

そんな自由が許されていないのは重々承知だが、つい本音が漏れた。

ぽつりと呟いた私を見て、母はうふふと笑う。

「正直ね。でもまあ、わからないでもないわ。私も別にあなたへの嫌がらせでこんな事を言っている訳ではないのよ？　きちんと考えあっての事。でも、そうね。あなたがどうしても嫌だと言うのなら……一つ賭けをしましょうか」

「賭け……ですか？」

突然提示された聞きなれぬ言葉に、首をかしげる。母が何を言いたいのかわからない。

母は一つ頷くと、肘掛椅子からゆっくりと立ち上がった。

今日着ている真っ赤なドレスは、母の豊満な身体《からだ》に沿うように作られており、よく似合っていた。高く結い上げられた金髪は美しく、女官達の手入れのお陰なのか、肌も瑞々《みずみず》しさを保っている。

立ち上がった母はこちらに向き直り、私に向かって命令する。その様は女王というに相応しかった。

「王立魔法学園。今からあなたは、そこの生徒として学園に通いなさい。その中で相応しい男性と愛を育む事ができればあなたの勝ち。あなたが勝てば、女王たる私が全ての責任を持ってフェルナン王子との婚約を破棄し、その男性と結婚する事を認めてあげます。賭けの期限は学園卒業まで。今からなら……そうね、まだ二年半くらいあるかしら。十分よね？」

「え……王立魔法学園……ですか」

まさかそんな事を言われるとは考えてもいなくて反応が遅れた。

予想外過ぎる言葉に目を見開く。いや、ありえない、だってあそこは。

言い返す前に、母が次の言葉を紡ぐ。

「さすがに誰と恋に落ちてもいいとは言えないから、候補はこちらで用意するわ。彼らの名前はあなたには教えるけれど、向こうには王女の婚約者候補としてあがっている事は秘密にする。自分で口説き落としなさい。とにかくその候補の男性の誰か一人と恋人同士になる事ができればあなたの勝ち。……簡単でしょう？」

「待って、待って下さい、お母様！　無理です！　だって魔法学園は女子禁制の、男子校です！　私には行けません！」

私は慌てて母に取りすがった。

そうなのだ。母が言う、魔法学園は女子禁制。れっきとした男子校。女である私が通える訳がない。

必死で言い募る私に、母は気に留めた様子もなく言ってのける。

「だから面白いんじゃない。性別を超えた愛！　いいわあ。禁断愛だと悩み極限まで想《おも》いを抑えていたのに、実はそうではなかった！　こういう展開って相手の男性も燃えると思うのよ。きっと愛が深まるに違いないわ」

「お母様……」

「あなたの身分は疑われないものをこちらで用意します。大丈夫よ。あなたは男装がとても映えそうな顔立ちをしているもの。学生寮から通ってもらう事になると思うけど、あそこは個人部屋だから同居人にばれるという心配もないわ」

男装――――。母の言葉に頬《ほお》が引きつった。

母は、私に男装して男子校である王立魔法学園に転入して卒業まで過ごせと、そう言っているのだ。

確かに私は父に似たのか女としては背が高いし、顔立ちも割と中性的ではある。

髪は長いが、後ろで一つに束ねればいいだけの事だし、長い髪の男性は多い。切る必要はないだろう。

だが――――。

「無理です。お母様。どうしたって不自然が生じると思います」

「そこはあなたの努力次第じゃなくて？　勿論あなたがギブアップした段階で、賭けはおしまいにしてあげるわ。引き上げてもらって構わない。ただし、最初に言った通りフェルナン王子と結婚してもらいます。相手が見つからなかった場合もそう。卒業式が終わればそのまま輿《こし》入れ。それは覚悟しておいて頂戴。こちらにも都合というものがあるの」

最後の言葉がやけに冷たい響きを帯びていた。

こくり、と喉を鳴らした。

母は冗談を言っている訳ではないのだと嫌でも理解した。

そして、馬鹿げた賭けを持ち掛けてきているが、これが母にできる最大限の譲歩だという事もわかってしまった。

「……わかり、ました」

「私との賭け、受けるのかしら？」

勝てば、王子との婚約は破棄してくれる。負ければ輿入れ。この賭けを受け入れなくてもどうせ結婚する事になる。それなら少しでも可能性がある方が良いと思った。

母と目を合わせ、意思を伝える。

「はい。――――受けます」

なんとしても、母の提示した候補者の一人と恋人同士になってやる。どんな候補者でも、フェルナン王子よりはマシな筈だ。

自分にそう言い聞かせながら、強く決意する。

母がにんまりと笑った。

「なら、賭けは成立ね。精々頑張りなさい」

「はい」

もう、引き返せない。私は固く頷いた。


――――かくして私は、父と縁戚関係のある他国の公爵家の二男『レジェス・オラーノ』を名乗り、なんの因果か男装して、王立魔法学園に転入する事になったのだった。

◇◇◇

「いやあああ……」

ほんの半年前の出来事を思い返し、もう一度私は頭を抱えた。本当に泣きたい気分だった。

何故って、母から提示された新たな婚約者候補――――三人いたのだが、彼らは全員、先ほど言った通り主人公テオのハーレム要員ばかりだったからだ。

公爵家嫡男に宰相の長男、魔法師団団長の二男。

さすがわざわざ母が賭けの褒賞として選んだだけの事はある。

皆、顔も実力も一級品の文句のつけようのない人物であった。

だが、残念な事に見事に全員が全員、ＢＬ小説『君を取り巻く世界』の主要登場人物だったのだ。

……おう、なんという事だ。私、運が悪過ぎる。

ＢＬ小説『君を取り巻く世界』通称キミセカはフロレンティーノ神聖王国の女王が理事を務める王立魔法学園に入学してきた主人公テオ・クレスポと、学園執行部の面々とのいちゃいちゃハーレムコメディである。

かなりの人気作で原作の小説は何冊も続いていた筈。

私も愛読していたのだが、途中で買うのを止《や》めてしまったので最後まで話を知っている訳ではない。

だが、最低限の主要登場人物くらいは覚えているし、大体話はまだ始まってもいない。物語が始まるのはこれから一年以上先、私がこの学園の最高学年になってからの事なのだ。

ちなみにその三人の他に、私もハーレム要員として名を連ねている。

とはいっても、他の三人とは少し毛色が違う。

主人公と彼らが良い雰囲気になったところを邪魔する役目を主に担い、尚且《なお》つ、執行部の他のメンバーにも色目を使うという、物凄く嫌な、最低な奴《やつ》なのだ。当然の事ながら、皆からは相手にされていなかったが。

容姿は金髪碧眼《へきがん》で王子様のような見た目のくせにそんな有様。

正直私も大嫌いだった。……だが、今なら彼の行動の理由がわかる。

「そう……、レジェスって実は女で、婚約者探しに必死だっただけなのね……」

彼が男だと思っていたから、単に節操のない嫌な奴だと思っていた。でも彼が女性だという事は、テオと彼らの邪魔をするのも、どちらかというと嫉妬だった……という線が濃そうだ。

テオと行動を共にする事が多かったのも、テオが好きな訳ではなく、自分の婚約者候補である彼らと二人きりにさせたくなかったため。ああ、なるほど。

納得しながらも深いため息をついた。

「我が事ながら必死過ぎて痛いわ……」

余程フェルナン王子と結婚したくなかったのだろう。

それでもレジェスが実は王女だという条件が加わっただけで、彼の一つ一つの行動が別の意味を持ち……目を背けたいくらい辛《つら》くなる。

結局彼が卒業してどうなったのかは――――残念ながらそこまで読んでいないのでわからない。

だが――――。

「もう……いいわ。フェルナン王子で」

考えているうちに、諦めがついた。

どうせ頑張っても、彼らは私に振り向かない。

そしてもう一つ、大事な事を思い出した。

それは、彼らは三人とも容姿実力共に素晴らしい人材なのだが、実は性格に問題を抱えまくっているという点だった。

冷静になればわかる。万が一彼らと恋人になれても、きっと私は幸せになれない。

小説を読んでいた私は、彼らの事を十二分に知っている。彼らが如何《いか》に歪《ゆが》んでいるかを。

言いたくはないが、彼らは皆どこかヤンデレ気味なのだ。

時折見えるテオに対する異常なまでの執着心。

ハーレムの筈なのに、テオをどうにかして独り占めしようとする心の狭さ。

彼らが三すくみ状態だったからこそなんとかなっていたのだろうが、一つでもバランスが崩れれば、多分あのハーレムは崩壊。おそらく彼らのうちの一人が（早いもの勝ちだろう）ここぞとばかりにテオを浚《さら》って、それこそ監禁でもする筈だ。

二次元で見ている分には「いいぞ、もっとやれ」と楽しかったが、自分にとって現実となった今、とても相手にしたいとは思えない。

アレらと愛を育み恋人同士になる？　はっ。ごめんだわ。

ヤンデレなんて絶対に嫌だ。

その点、フェルナン王子は違う。

確かに容姿が酷いだの、太っているだの話は聞くが、性格が悪いという噂は一度も聞いた事がない。これだけ悪評判が立っているのに性格だけ悪く言われないという事は、おそらく本当に問題ないのだろう。

それなら、もしかしなくても彼と結婚する方がよっぽど幸せになれるのではないだろうか。

「そうよね。それに、太っているならダイエットさせればいいだけの事だわ」

不細工だという噂も、まあいいだろう。

太っているせいでより酷く言われている可能性は大いにあるし、別にイケメンじゃないと嫌だなどと言ってごねるつもりもない。不細工なら他の女に目をつけられにくいから、結婚後の浮気の心配もしなくて済む。浮気ダメ、絶対。

考えれば考える程、フェルナン王子と結婚しておく方が良いのではないかという気がしてきた。

「……うん。決めたわ。私、フェルナン王子と結婚する」

口に出してしまうと、すごく気が軽くなった。

それだけ今まで自分が必死だったからなのだろうが、どれだけ無理をしていたのかとちょっとツッコミをいれたくなってしまう。

そして楽になってしまうと、むくむくと湧き出てくるのが、前世の自分がもっていた腐女子魂であった。

「そうか……キミセカをリアルで観察できるのね」

途中で買うのは止めてしまったが、好きだった小説。それを観察できるのだ。

それも、間違いなく特等席で。なんだかとても心ときめく展開だった。

「テオを取りあう男達のやりとり。いちゃいちゃハーレムをこの目で見られるのね……素敵、ご褒美過ぎる。萌《も》えるわ」

想像してみてよだれが出そうになった。ヤバい、是非直接観察したい。

自分の恋人にしたいとは全く思わないが、容姿端麗な彼らが繰り広げる萌えの世界は、さぞや私の腐女子心を満足させてくれる事に違いない。

「これは、なんとしても卒業まで在籍せねばならないわね！」

できるだけ長く彼らのいちゃいちゃを楽しみたい。それには卒業までこの学園に在籍している必要がある。元々賭けに負ければ、フェルナン王子との結婚は卒業式後と聞いていたから丁度いい。賭けを続けている振りをして、卒業までこの学園で過ごそう。そしてその後は大人しく彼の元へ嫁げばいい。

「完璧。卒業後の進路まで完璧だわ」

すっかり肩の力が抜けた私は、小躍りでもしたい気分で立ち上がった。最早《もはや》この部屋に戻ってきた時の悲壮感など、どこにもなかった。

昔のＢＬ好きの腐女子だった自分までうっかり取り戻してしまった私は、来る先を思いうっとりと妄想に耽《ふけ》ったのであった。

第一章　私の現況

……どうしてこうなった。


季節は進み、早いものでもう三年の終わり、卒業が近づいてきていた。

一年の終わりに前世の記憶に目覚め、フェルナン王子に嫁ぐ事を決めた私は肩の力を抜いた。

用意された婚約者候補、彼らに無理にモーションを掛ける事を止めたのだ。

それだけで随分と気が軽くなるもので、今まで手をつける事もしなかった勉強にも目を向ける事ができるようになった。

王立魔法学園はその名の通り、主に魔法について学ぶ学園だ。

国内外を問わず優秀な人物が集まる、選ばれた者だけが入学できる学びの場。

だが、教えているのは当然魔法だけではない。

将来文官になるための勉学も学ぶ事ができ、二年の途中には私はその分野でトップの成績を修めるまでに至った。

「お前を執行部役員に任命する」

初めて学年トップを取った日、学園執行部の部長に呼び出された私は開口一番そう言われた。

学園執行部――――いわゆる生徒会みたいなものだが、部長職以外は基本的に部長の自由指名だ。人数も決まっていない。

四～五人が慣例ではあるが強制ではなく、その時の部長の気分に応じて人数は前後する。

その執行部への参加を呼び掛けられ、私は即座に頷いた。

執行部に興味があった訳では断じてない。

ひとえに、そこは原作に忠実であろうと思っただけだった。

レジェス・オラーノ――――男装した私の事だが、彼は原作が始まる三年時、執行部の部長だった。

そしてハーレム要員達は全員そこの役員。

つまりは、この私が二年の終わりに自ら執行部選挙に立候補して、なんとしても部長に就任しなければならないという事なのだ。そして彼らを役員に指名する。それが私に課せられた使命。

となると、今のうちから執行部なるものがどういうものかを知っておいた方が良い。そう判断しただけの事だ。

彼らのいちゃいちゃを観察するためなら、多少の面倒も我慢してみせると私は割り切った。

そうして執行部役員として就任した私は問題なく任期を全うし、最大の難関だと思っていた選挙も実にあっさりと勝利した。

得票数の八割を獲得したという結果が貼り出されたのを見た時には、これが原作の力かと呆《あき》れもした。だがこれで三年時、入学してきたテオを執行部に迎える事ができるとほっとした気持ちの方が大きかったのだ。

なのに――――。

せっかくお膳立てを整えたにもかかわらず、三年になっても、キミセカは全く始まるそぶりをみせなかった。

勿論主人公であるテオ・クレスポは入学してきた。執行部の役員も原作通りに揃えた。

なのに何一つ小説で見たイベントが起こらない。

執行部室内での目に余るいちゃいちゃも、テオを取りあって睨《にら》み合う役員同士のいざこざも、何も起こらないのだ。

おかしいおかしいと思いながら、既に卒業間近。

どこで間違えてしまったのか。

私の想いとは裏腹に何故か皆、主人公のテオではなく私の方へとやってくる。

今更あんた達なんて要らないのだと心の中でいくら叫んでも、そっけなく対応してみても変わらない。テオまでもが頬を染めて私を見上げてきた時には、本気で泣きたいと思った。

――――お願い、止めて。こんな展開望んでいない。

今日も今日とて彼らは、何故か熱心に私を口説く。

放課後、執行部室内の部長席。

無言で仕事をする私の目の前にやってきたテオが、もじもじしながらこちらを見る。

バラ色の頬にまるで女の子のような可愛《かわい》らしい顔立ち。

まだ一年だからか背も小さく、華奢《きゃしゃ》な体つきだ。はちみつ色の髪の毛はふわふわで触るととても気持ち良さそう。制服でもある、紺色のフード付きローブはぶかぶかで、手が半分程袖の中に隠れている。

さすがBL主人公。女である私ですら一瞬守ってあげたいと思ってしまう可憐《かれん》さだ。

そんな彼は、小説内で執行部役員達を虜《とりこ》にした必殺の上目使いポーズをとり、私に話し掛けてきた。小説では私《レジエス》には絶対にしなかったくせに、今や事あるごとに行使してくる。

可愛いとは思うが、私にするな。小説では「ふわー、萌えるわ」と思えた仕草も、自分に向けられるとあざといとしか感じられない。

私がそんな事を思っているとは露程も考えていないのだろう。にっこりとテオは微笑《ほほえ》んだ。

さすがは主人公、ただ微笑むだけでも十二分に可愛い。私が役員達ならとっくに堕《お》ちているわと、どこか他人事《ひとごと》のように思った。テオが微笑んだまま口を開く。

「レジエス先輩。よかったら僕と校内の見回りに行きませんか？　恥ずかしながら僕、まだたまに校内で迷っちゃうんですよね。先輩と一緒なら心強いなって思うんですけど」

テオとの出会いは、彼の入学式の日だった。

道に迷っていたテオを偶然助けてしまったのが始まりだ。

執行部長として当然の事をしただけだと思うのだが、それからというもの、すっかり彼に懐かれてしまったのだ。

あの日の自分の行動を深く後悔するもどうしようもなく、現在に至っている。

「身の程を弁《わきま》えなさい。テオ・クレスポ。まだ一年のあなたには荷が重い。ここは彼の優秀な右腕たる私が同行するのが筋というものでしょう」

私が返事をする前に、別の声が彼の提案をぶった切った。その声の主に、テオがむっとした顔を向ける。

「レアンドロ先輩。先輩は昨日もそう言って、僕から先輩を奪って行きましたよね？　今日は僕の番です。譲ってあげませんよ」

そう言って大きく両手を広げて、机の前に立ちふさがる。明らかに敵意を向けられた黒髪の男はふうっとこれ見よがしなため息をついた。

「いつ順番制にするなんて私が言いましたか。彼の隣を歩く権利は私だけのものです。ねえ？　レジェス」

眼鏡の奥から色を込めた目線を送られ、思わず目を逸《そ》らした。

やめろ。そんな目で私を見るな。

レアンドロ・カルデロン。私と同じ最終学年。執行部役員でテオのハーレム要員の一人。

そして最早どうでもいい私の婚約者候補の一人でもある。

宰相を父に持つ、侯爵家の一人息子。

冷たい雰囲気を醸し出す彼を一言で言い表すと『ドS眼鏡キャラ』。

テオにだけデレる彼に素直に萌えていた過去が懐かしい。

今や彼は私にだけ蕩《とろ》けるような目を向けてくる。

一体何故。一年の頃、彼にゴミ虫を見るような目で見られていた事は未《いま》だ忘れていない。恋人になってもらうなら彼が良いと特にモーションを掛けていただけに、彼の態度は非常にショックだったのだ。勿論、今更恋人になどなって欲しくない。

今からでもいい、頼むからテオにデレて。そして私に萌えを提供してくれ。

「ざっけんな。レアンドロ。あんた仕事がまだ残ってんだろ。代わりに俺が行ってやるよ。あんたは大人しく留守番していな。レジェス、ついでに俺と飯でも食いに行かねえ？」

レアンドロの言葉に反応したのは、トビアスだ。トビアス・クアドラード。

彼もまた私の婚約者候補の男でテオのハーレム要員。魔法師団団長の二男。

天才と呼ばれる程の魔法の才を持っている男だが、たまにしか真面目に取り組まないせいで、いまいち結果を出せていない。

冗談を織り交ぜた話し方をするくせがあり、イライラとさせられる事が多い。

この喋り方も小説では斜に構えた感じで格好良いと思っていたが、現実だと鬱陶しいだけだという事を学んだ。

そんな彼は出会った当初は殆《ほとん》ど学園の授業にも顔を出さず、中庭で転がって昼寝ばかりしていた。

記憶を取り戻す前は、話し掛けても無視されるだけだったので数回で諦め、それ以上彼とかかわろうとはしなかった。

だが、記憶を取り戻した私は、そんな彼に再度会いに行ったのだ。

――ひとえに、彼を叱りつけるために。

普通に声を掛けても無視をされる。わかっていた私は思い切り、寝転がっていたトビアスを蹴り飛ばした。

「いってえええええ！　何しやがる！」

「お前はこんなところで何を一人ですねている？」

「はあ？　……あんた、誰？」

最初の会話は確かこうだった。

私がわざわざトビアスに声を掛けた理由は簡単だ。次の年、彼を執行部役員に指名する必要があるから。今のように授業をボイコットする彼では、いくら指名するのが執行部長の自由とはいえ、さすがに学園から問題視されると思ったのだ。余計な波風は立てたくない。最低限授業に出席し、ある程度の結果を出してもらわなくてはテオのハーレムづくりに問題が生じる。

最悪、引きずってでも授業に出させるつもりで私は彼に挑んでいた。

毎日中庭に通い、授業に出ようとしない彼を叱り続けた。

そうするうちに、やがて彼はポツポツと自らの事を語り始めたのだ。

つまりは、どうしてこんな事をしているのかを。

――それでわかった事だが、結局のところ、彼は極度のかまってちゃんなだけであった。

出来のいい兄を持つ彼は、常に兄と比較され、兄の方ばかりが構われる事にすねてしまっていたのだ。それが授業をボイコットするという形で表れていただけ。

わかってしまえば簡単な事。単なる子供のわがままでしかない。

私は呆れた顔を隠しもせず、彼に言った。

「情けない。お前が一人腐ったところで誰も慰めはしない。悔しければ努力しろ。見返してやれ。才能だけは存分にあるんだ。腐らせるなんて冒瀆《ぼうとく》、誰が許しても私が許さない」

「……ひでえ言いよう。でも俺を叱ってくれるのなんてあんたくらいだよなあ」

嬉《うれ》しそうに笑った彼は、それからある程度ではあるが態度を改めるようになった。

そして――――、何故か私を口説いてくるようになったのだ。

執行部役員に任命した時も、

「レジェスが、どうしても俺がいいって言うんなら引き受ける」

なんて馬鹿な事を言っていた。トビアスはテオのハーレム要員で、私はそのためにお膳立てしたのだ。嘘ではない。トビアスを落とすつもりなんて毛頭なかった。

今ならわざわざ叱りつけたりせず、放っておいて、その時がきたら駄目男でもいい、トビアスを強制指名。後はあなた達でご自由に、を間違いなく選択するであろう。変に構ってしまったせいでものすごく困った事態になった。

その分、原作よりも若干ダメっぷりが改善されているような気もするが……。

頭痛がする、と遠い目をしていると今度は嘲るような笑い声が響いた。

その瞬間現実に引き戻される。

「ふん、仕事が残っているのはお前の方だろう。レジェスと行くのはオレだ。お前と違い優秀なオレこそが彼に相応しい。何事も適当にしているような男がレジェスと並ぶ事ができると思うな」

「んだと！　イラーリオ！」

トビアスの痛いところをついたのは、イラーリオだ。

イラーリオ・アルバ。

アルバ公爵家の嫡男で性格は……見てわかるとは思うが、いわゆる『オレ様系』。

彼もまた他の二人と同じ、私と同年で、テオのハーレム要員。そして言わずもがな私の婚約者候補。ぐいぐいくるオレ様系って、好きな人限定だなと思い知らされたのが彼である。

「オレの誘いを断る訳ないよな」的な話し方が、とても癇《かん》に障る。三次元ではお断りしたい人物だ。

四人がそれぞれ睨み合いを始めたところで私は立ち上がった。

このままでは埒《らち》が明かないと思ったのだ。四人を見据え、強く言う。

「今日は私一人で行く。お前達はそれぞれやるべき事があるだろう。自分のすべき事を疎《おろそ》かにするような人物を私は好まない。それはお前達も知っている筈だ」

既に慣れ親しんだ男言葉はすらすらと口を突く。女だと悟られないように、できるだけ男っぽく、兄を真似《まね》た私の口調はなかなか堂に入ったものだと思う。それでも時たま素が出そうになり焦るのだが、それはもう仕方のない事だった。

多少わざとらしくても、とにかく女だとばれなければいいのだ。

「レジェス先輩……格好良い」

私の言葉にテオがほうっと息をつく。

私が向けた視線の意味を正しく理解した男達は、慌てて自席へと戻って行った。そんな彼らを一《いち》瞥《べつ》し、私はドアに手を掛けた。

「私が戻ってくるまでにある程度片づけておく事。それくらいはできるな?」

「はい」

皆からの返事を聞き、部屋を出た。

ああ、ため息が止まらない。

どうしてこうなったのか、誰か私に教えて欲しい。

◇◇◇

「相変わらず、君は人気者だな」

部屋を出たところで、呆れたような声が隣から掛けられた。

それが誰の声なのか理解し、そちらへ顔を向ける。

「ルシウス」

「やあ、レジェス。今日も君は彼らを魅了していたのか?」

そう言いながら、もたれていた壁から身を起こすルシウス。

ルシウス・メンブラード。

彼は私とほぼ同時期に転入してきた、隣国、エステバン王国からの留学生だ。

プラチナブロンドの少し長めの髪に、紫水晶のような透明感のある切れ長の瞳。鼻筋はすっと通り、唇は薄く引き締まっている。肌もつるりとして、男とは思えない程白く透き通っていた。

私の三人の婚約者候補と比べても全く退《ひ》けを取らない怜悧《れいり》な美貌の持ち主の彼は、小説では全くその存在すら匂わされなかった人物だ。

身長はシークレットブーツを仕込んだ私よりも高く、すらっとした体格をしているように見えるが実は意外と鍛えている。足元にはいつも連れている小さめの尻尾の長い黒猫が一匹。金色の特徴的な目をしたこの黒猫はペットではなく、彼の召喚獣……契約を交わした契約獣らしい。つまり彼は召喚士。

彼の故郷エステバン王国は優秀な召喚士を多く抱える国として有名なのだ。

この学園には保有する魔力量が少ない事から、効率的な魔力の使い方について学びにきているらしい。その他の学力については全く問題ないどころか非常に優秀だから、本当に魔法についてのみ学びにきているのだろう。

メンブラード公爵家といえば、王家に連なる名門貴族。それなのに魔力が少ないなんて、さぞや周囲から誹《そし》りを受けた事だろうと思う。

とはいってても彼自身は、全くそんな素振りを感じさせない人物なのだが。

「聞いているのか？　レジェス。いや……アリシアと言った方がいいか？」

「っ！　お前っ！」

小さく私の本名を呼んだ彼は意地悪く唇を歪める。私は慌てて周りを見回した。きょろきょろと辺りを窺《うかが》う。良かった、誰もいない。私はルシウスに詰め寄りながら訴えた。

「誰が聞いているかもわからない。頼むから迂闊《うかつ》な発言は控えてくれ」

だが、ルシウスは逆に言い返してきた。

「へえ、そんな事を言うのか。僕が君の生殺与奪の権を握っているって事、忘れていないか？」

「ルシウスっ！」

「なんだ」

「っ……」

強い目で見据えられ、言葉が詰まった。

一年の時は全く交流のなかったルシウス。そんな彼は二年の初め頃から何かと話し掛けてくるようになった。初めは警戒していたものの、何かと手助けしてくれる事と、小説に出てきた人物ではなかったことが、私の警戒心を解くきっかけとなった。彼は博識で話していると楽しいし、次第に行動を共にする機会も多くなった。

だが、それが全ての間違いだった。

意外と世話焼きな彼に助けられる事は多い。そして困っている時に優しくされれば、当たり前だが嬉しくなってしまう。それが何度も続けば心だって揺れ動く。彼の優しさに触れているうちに、いつのまにか自然と目が彼の姿を追うようになった。気づけば話す頻度はさらに増えていた。そうすれば彼という人間をより深く知る事になる。話すのが楽しい。沈黙も気にならない。側にいてくれるのが、助けてくれるのが、何よりも笑顔を向けてくれるのが……嬉しくて仕方ない。気づいた時には遅かった。私はすでに恋という名の泥沼にはまり込んでいたのだ。

本当に情けない話。ここにきて、今更恋をするなんて。

――私はもうすぐフェルナン王子に嫁がねばならないというのに。

彼は母の用意した婚約者候補ではない。

フェルナン王子以外なら母の選んだ三人の中から選ぶ。それが母の条件だ。

さすがに私もこれが母の譲歩の限界だとわかっているし、これ以上わがままを言うつもりもない。

王女として、そこは大人しく受け入れるつもりだ。

つまり何が言いたいかというと、万が一彼と両想いになれたところで、未来などどこにもないと、そういう話だ。どうしたって彼と結婚する事はできない。それでも、わかっていても気持ちはそう簡単には消せない。

言葉を返せないでいると、腕を引っぱられて近くの空き教室へと連れ込まれた。慌てて口を開く。

「何をするのよ、ルシウス。私、見回りに行かないといけないの。離して」

二人きりなので、口調が元のものへと自然と戻る。こちらから白状した訳ではないが、先ほどのやりとりからもわかるように、かなり前からルシウスには私が女だという事を知られているのだ。

「知ってる。でも、まだ時間はあるだろう。……君は、本当に無防備過ぎて嫌になる」

「なんの話……って、あ……」

ルシウスの言葉の意味を問いただそうとしたのと同時に抱き込まれ、唇が重なった。

温かな、最早慣れ親しんでしまった感覚が私の思考を溶かす。

目を見開いたままの私の唇を、ルシウスは何度も何度も啄《ついば》んでいく。

「は……んんっ」

柔らかな唇の感触に陶然となる。つい、与えられるキスに夢中になってしまった。

「君の唇はいつも甘い……」

「ん……ルシウス……」

いつの間にか壁に押しつけられていた。それを押し返そうという気力も起きない。

というか、相手が好きな人だという事情もあって、いまいち抵抗する気にならないというのが本当のところだった。……好きな人に口づけられて、嬉しくない筈などないのだから。

「アリシア……」

切ない声で本名を呼ばれ、背中がぞくっと震えた。

やめて欲しい。そんな声で私を呼ばないで。あの日、初めて彼に名を呼ばれた時の事を思い出してしまうから。

「アリシア」

もう一度名を呼ばれ、私は目を瞑《つぶ》った。

ああ、やっぱり思い出してしまう。あの日、私達に起こった出来事を。

女だと暴露され、彼と取引を交わした時の事を——。

◇◇◇

あれは、二年も終わりに近づいたある冬の寒い一日の事だった。

私は、イラーリオと共に、放課後の校内巡回をしていた。一日の最後に行われる校内巡回は、デイリールーティンで、基本的には手の空いた役員が主に二人一組で行う事になっている。今日は私とイラーリオの組み合わせだった。

その巡回の最中に、偶然聞こえてしまった生徒達の会話。

「――アルバ様ってすごいよな。さすがアルバ公爵様の跡継ぎなだけあるよ」

「だよなー。アルバ公爵様といえば、また新たな魔法を発表されたんだろう？　すごいよな。天才っていうのはきっと公爵様みたいな方の事を言うんだぜ。そのうちアルバ様も公爵様のようになるんだろうな。なんと言っても直系の一人息子だし、周りだって期待するよな」

「間違いないって。あー、いいよな。生まれた時から親の能力を受け継いで、地位も才能も恵まれているんだからさ。苦労なんてした事なさそうだよな、アルバ様ってさ」

「ばっか、お前、それは流石に言い過ぎ――」

あははははと心ない笑い声が響く。彼らがこちらに気がついていないのは明白だった。

「……」

地雷だったのは、『アルバ公爵様の』のフレーズだったと思う。

生徒達の何気ないやりとりに、隣のイラーリオがぴくりと反応したのだ。

勿論その場では何も言わない。一瞬だけ鋭い視線を生徒達に向けたが、それだけだ。すぐに自らを戒めるように唇を噛《か》みしめ、素知らぬ顔を作り、少しだけ足を速めた。

――――それでも、耐え切れなくなったのだろう。

しばらく何も言わずに歩いていたイラーリオがふと、聞こえるか聞こえないかくらいの小さな声で零した。

「……結局、父上、なんだな」

と。

その言葉になんとも胸が痛くなってしまった私はつい、彼の背を叩《たた》きながら言ってしまった。

「お前はお前だろう。私はお前が努力を惜しまず自らを高めようと日々頑張っている事を知っている。お前の努力とアルバ公爵は何も関係がない」

「レジェス……」

驚いたようにこちらを見つめる彼に、強く頷いてみせた。

「お前ならいつか、誰よりも認められる日がくる。お前の努力は間違っていない。お前を見てきた私が太鼓判を捺《お》してやる。だからあんな心ない言葉に傷つくな。お前は……そのまま顔を上げて前を向いていればいい」

父親の功績のせいで、自らを正当評価してもらえない事を彼は悩んでいた。

実際何をしても、あの公爵の息子だからで片づけられてしまう。才能に胡坐《あぐら》をかかず、努力する事を厭《いと》わない彼にとって、それはとても辛い現実だった。

プライドの高い彼だから、当然不満を口に出したりはしない。それでも近くにいれば、言わなくても自然と見えてくるものだってある。だからつい、励ましてしまったのだ。

そこに特別な意味は全くなかった。

だが――――言葉を発してから思い出した。キミセカの小説の中でも似たようなシーンがあった事を。

人知れず努力しているイラーリオの姿を知っていたテオが、「僕はあなたの努力を知っています」と微笑んでいたような……。そしてそれがきっかけで、イラーリオはテオを気にするようになり、ハーレムメンバーに加わって行くという話だった筈――――。

「ん……？」

何かおかしい？　というかあれ？　この展開今の状況と似ていないか？

嫌な予感がする。もしかして、私は何か致命的な失敗をしでかしてしまったのではないだろうか。

「レジェス――――」

「ひっ⁉」

気づいた時にはイラーリオが熱い目で私の事をじっと見つめていた。その距離が近過ぎる気がする。イラーリオがまるで懇願するように告げてくる。

「レジェス、やはりオレにはお前だけだ。お前だけがオレをわかってくれる。……お前がオレを認めてくれるというのならオレはそれだけで……」

「え……」

何この展開。

さらに近づいてきたイラーリオから離れるべく距離を取ろうとするが、何故かがっちりと腰をつかまれていて動けない。制服の色と同じ、紺色の髪をした美形のアップが近づいてくる。

狙われているのは私の唇……？

やばい。貞操の危機を感じ、私は慌てて彼を宥《なだ》めた。

「い、イラーリオ。お、落ち着け。落ち着いてくれ。な？」

「落ち着いてなんていられるか。お前が、こんなにオレの事を想って、そして近くにいてくれるのに……」

「ご、誤解だ！　勘違いだ！　頼む、イラーリオ。冷静になってくれ！　私は男だ！」

そして、近いのは私を抱き寄せているからだ！　頼むから離してくれ！

叫ぶように声を上げたが、イラーリオは止まらなかった。

「ああ、お前はすごくいい匂いがするな……甘い……オレを狂わせる魔性の匂いだ……」

「なっ……なに……をっ」

「このままお前を食べてしまいたい……」

ひいっ‼　イラーリオがおかしい！

もう駄目だ。このままでは本当に貞操の危機、というか、私の唇の危機だ。

「くそっ！　悪い！」

「っ⁉　ぐっ……」

私は必死の思いでイラーリオの鳩尾《みぞおち》めがけて拳をお見舞いした。油断していたせいか、見事に決まる。突然の衝撃に、イラーリオは腹を押さえてその場に蹲《うずくま》った。

彼には申し訳なかったが、自衛のために体術を習っておいて本当に良かった。

そうして彼が呻いている間に、一目散に逃げてきたのだが、なんとダメージから回復したイラーリオは、しつこく私を追いかけてきたのだ。

「ま、待て！　レジェス！　オレは！」

「来るな、来るな、来るなー！」

もう、泣きそうだった。どうして追い掛けてくるのだ。頼むから私を放っておいて欲しい。

「……レジェス、こっちだ、こっちにこい」

「ルシウス！」

追いかけてきたイラーリオに本気で涙ぐみそうになっていると、どこからともなく現れたルシウスが声を掛けてくれた。彼の手招きに従って、空き教室に二人で隠れる。ルシウスが内側からの鍵を素早く掛けた。

「レジェス！　レジェス！　どこにいるんだ⁉」

ドアを隔てた廊下から聞こえてくるのは焦りを隠せていないイラーリオの声。まだ私を探しているみたいだ。

先ほどの出来事が脳裏によぎり、恐怖で身体を震わせる。

事情を知らない筈なのに、それでもルシウスは、労《いたわ》るように背中をさすってくれた。それがとても嬉しくて、今度は別の意味で泣きそうになる。

しばらくの間、ひたすらじっとしていると、ようやくイラーリオの声が遠ざかって行くのがわかった。

「……すまない。助かった、ルシウス」

イラーリオの声と足音が完全に聞こえなくなったのを確認し、ほっと息を吐いた。

イラーリオもそうなのだが、一年前は私の事など見向きもしなかったくせに、何故か皆、今頃になって猛烈にアタックを仕掛けてくるようになったのだ。だが、既にフェルナン王子に嫁ぐと決め、さらにはルシウスという好きな人までできてしまった私が彼らに応えられる筈もない。本当に、今更過ぎる。

彼らの事はもう、学友以上に思えない。

だから仕方なくこうやって逃げる日々を送っているのだが、焦《じ》れた彼らはたまに実力行使に出ようとしてくるのだ。今回のように。

それを今みたいにタイミング良く助けてくれるのがルシウス。

彼はいつも、どこからともなく現れては、上手《うま》く私を隠してくれる。

「本当、お前はすごいな。どうしていつも私が困っている時に限って出てきてくれるんだ？」

不思議に思って尋ねると、私と同じように壁際に張りついていた彼は息をついた。

そんな何気ない仕草にまでどきりとする。

「さあね。僕のタイミングが良いんじゃなくて、君が彼らに隙を見せ過ぎなだけじゃないのか？

いつもいつも誰かに絡まれて、助ける方の身にもなって欲しいね」

「す、すまない。隙を見せているつもりはないのだが……」

助けてもらっている自覚はあるので謝罪したが、彼はふんとそっぽを向いてしまった。

「本当、イラつく。君がいつ他の誰かの手に堕ちるかって、こっちは気が気じゃないのに……」

「ルシウス……？」

いつもと違う様子に戸惑う。

普段の彼なら、「君は本当に仕方ない。次からはもっと気をつけてくれ」とでも言って笑って済ませてくれるのに。

どうしてだろう。どこか苦しそうな顔で、私から目を逸らしている。

「どうした？　具合でも悪いのか？　それなら医務室へ……」

常とは違う彼の様子がどうしても放っておけず、私は彼に近づき手を伸ばした。

それをルシウスが振り払う。

「っ！　平気だから。今、僕に触るな」

「おい……」

冷静とはとても思えない態度。

触るなとは言われたが、あまりにも普通ではない態度に彼の言葉を無視してその額に触れる。

……熱い。よく見れば、彼の顔も若干赤くなっているような気がした。

「何を言っているんだ。お前、熱があるんじゃないのか？　やはり早く……」

彼の顔を覗《のぞ》き込む。きらりと彼の紫水晶が光った気がした。

「触るなって言ったのに……せっかく我慢していたのに。……君のせいだぞ」

「え」

「レジェス――――」

気づいた時には、彼の腕が私を抱きしめていた。

いきなりの事で何が起こったのか理解できない私にルシウスが、苦しそうな、でも咎《とが》めるような口調で言う。

「君は……もう少し人を疑う事を覚えた方が良い。隙を見せれば『男』は付け込む。例えばそう、僕だって同じなんだ」

「ルシ……ウス？」

男、と強調するように言われて、彼の目を見た。

彼の瞳は揺るがず、私をただ、強く見据えている。

何かを決意したような顔に私の方が動揺した。

「君は……君は僕こそを一番警戒する必要があったんだ。だって僕は知っているから。君が……フロレンティーノ神聖王国第一王女、アリシアだって事を」

「……！」

驚きのあまり大きく目を見開いた。

『アリシア』とはっきり告げられた名前に、咄嗟《とっさ》に否定する事ができなかった。

彼の表情は確信に満ちていて……嘘やごまかしは一切通用しないのだとわかってしまう。

「……ど、どう、して？」

質問は掠《かす》れた声となる。認めたも同然だった。混乱する私に、ルシウスはさらに言った。

「僕がどうして君の正体を知っているか、なんてどうでもいい。問題はそこではないだろう？　アリシア王女。正体を知られて、それでも君はここに居られると本気で思っているのか？」

「い、いや！　言わないで、お願い！」

反射的に叫んだ。

そうだ。正体がばれてしまっては、このままこの学園に在籍し続ける事などできはしない。

賭けは私の負け。いや、それは良いのだが、そのまま輿入れとなってしまう。

王子と結婚するのは良い。自分で決めた事だ。だから受け入れる。

だが、このままでは彼と……ルシウスともう二度と会えなくなってしまう。それだけはどうしても嫌だと思った。せめて、卒業するまでの間くらい好きな人と学園生活を過ごしたい。

なんの因果か好きな人当人にそれをぶち壊された訳ではあるが、この期に及んで、それでもまだ私はそんな事を思っていた。それくらい、彼を好きになってしまっていたのだ。

必死の私の願いに、ルシウスは「なら」と口を開いた。

交換条件を出されるのだとすぐに気がつく。何を言われるのか不安に思いつつ、彼の顔を見つめ続けた。

「……卒業までの間、僕のものになれ」

「え……？」

ぽかんと口を開け、彼を凝視する。何を言われたのか理解できなかった。ルシウスが、再び口を開き、もう一度はっきりと言った。

「聞こえなかったか？　卒業までの間、僕のものになれと言ったんだ。つまり僕の言う事に逆らうなって事。例えばそう……こんな事をされても」

「んっ？　んんっ」

彼が何を望んだのか、正しく理解する前に唇が塞がれた。

――ファーストキス。

嵐のように奪われたそれに気がつき、ただただ目を見開く。

時間としてはほんの数秒。

だが、私には永遠にも感じられる程の間重なった唇が、ゆっくりと離れて行く。

驚倒せんばかりの私に、ルシウスはさっきと同じ苦しげな顔でもう一度強く私を抱きしめた。

「る……ルシウス……？」

「これから君は、こういう事……もっと酷い事を僕にされる。そして君はそれを拒めない。……それでも君は黙っていてくれと、そう僕に頼めるのか？」

「ルシウス、本当？　本当に……本気、なの？」

「ああ。……君は、どうする？」

流石に意味はわかった。ルシウスは女である私の……身体を求めているのだ、と。そして、それでもいいのなら黙っていてやると、そう取引を持ち掛けてきているのだ。

まさかルシウスがそんな事を言ってくるとは思わず、返事に窮する。

こんな申し出、普通なら当然ノーだ。

最低だと彼を詰《なじ》って突き飛ばし、すぐにでも退学手続きを取って城に帰るべきだ。そして何もかも忘れてフェルナン王子と結婚する。

……わかっている。何が正しい事なのか私はちゃんとわかっている。

それでも私はそこから目をそむけた。私は抱きしめられたまま、震える声で彼に告げた。

「いいわ……」

彼が好きだという気持ちを止める事が、どうしてもできなかった。

彼に、そういう意味で触れてもらえる日がくるなんて思ってもいなかったから――ずるい私はそれをチャンスだとすら思ってしまった。

卒業までだから。卒業したら、ちゃんと忘れて、約束通りフェルナン王子に嫁ぐから。

「……本当にいいのか」

まさか肯定の答えが返ってくるとは思わなかったのだろう。信じられないといった表情を見せたルシウスに私はこくりと頷いた。でも、これだけは譲れない。

私はゆっくりと、決意を込めて言った。

「ええ。黙っていてくれるのなら、私の事は好きにしてくれていい。でもお願い。破瓜《はか》だけは許して。私は卒業したら隣国の王子に嫁がなくてはならないの。夫となる人に初めては捧《ささ》げたい。それが……私にできる彼へのせめてもの誠意だから」

「……っ！　君は！」

大きく目を見開いたルシウスに、もう一度頼む。

初めては、夫になるフェルナン王子に捧げる。それが、こんなところでうっかり恋に落ちてしまった私ができる、彼への最大限の誠意だと思った。

「お願い、ルシウス」

「……わかった」

短くはない沈黙の後、了承の言葉が耳を打った。

それに心底ほっとし、続いて激しく重ねられた唇と彼の熱い身体に私は大人しく身を任せた——

——。

◇◇◇

——くちゅっ、くちゅ。

人気のない教室で粘膜が擦《こす》れ合う淫靡《いんび》な音が響く。

ルシウスと舌を絡ませ合いながら彼に正体がばれた日の事をぼんやり思い出していた私は、彼がベストの釦を外し、更に手を潜り込ませてきたところで我に返った。慌ててその手を押さえる。

「ル、ルシウス……。駄目。今日はまだ予定があるって……」

ロープの下はブレザーの制服。私は喉仏を隠すために、更にその下にタートルを着込んでいた。私が手を押さえたのを無視し、ルシウスの手はタートルの奥へと侵入する。素肌に触れられ、身体がびくりと震えた。

「うるさい。アリシア、君はまだ自分が誰のものなのかわかっていないようだから、しつけが必要だ。そろそろ理解してもらわないと僕が困る」

「わかっている、わかっているわ」

あの後、ルシウスに身体を許すようになってから――――彼は頻繁にそういう行為を求めるようになった。

約束通り破瓜だけは免れているが、それでもそれ以外の行為は殆ど許してしまっている気がする。

彼のスイッチが入るのは主に、私が彼以外の男に迫られた後。それがまるで嫉妬しているように感じて嬉しいと思ってしまう私は大概馬鹿な女なのだろう。

結局、彼がどうして私の正体を知ったのかは教えてもらえずじまいだったが、特にそれについて追及するつもりはなかった。彼が他の人間にそれを言う事はなかったし、私は彼にこの行動を止めて欲しいとは思っていないからだ。

あの日から幾度となく繰り返されるこの甘美な触れ合いは、最早私にとって手放せないものとなっていた。触れ合えば触れ合う程、ルシウスの事がもっと好きになる。

傍《はた》から見れば脅されているのであろうこの関係も、彼を好きな私にとっては嬉しいものでしかなかった。彼に求められていると思うだけで、身体の奥が疼《うず》いてしまう。

「君は嘘つきだな。そんな事を言って……まだあの王子と結婚するつもりのくせに」

腹立たしげに言う、ルシウス。

彼はあれから、事あるごとに隣国の王子との結婚を引き合いに出してくるようになった。

結婚はやめろ。あんな男碌《ろく》なものじゃない。そう言って。

かの国の公爵家子息であるルシウスは、きっとフェルナン王子と面識があるのだろう。メンブラード家は王家に連なる名家だし、それは不思議でもなんでもない。むしろ当然の事だ。

「それは、だって私の自由になる事ではないもの」

「あんな碌でもない噂しかない王子、止めてしまえばいい。僕は、あいつを知っている。あいつに君は勿体《もったい》ない」

やっぱり王子の事を知っているようだ。ぶつぶつと呟きながら、ルシウスは胸を潰すために巻いていた布を服の下から器用にほどいてしまう。そしてなんの躊躇《ちゅうちょ》もなく、タートルごとまくり上げた。

覆いをなくしてしまった胸部が彼の目の前に晒《さら》される。恥ずかしくて彼と目を合わせられない。

逃げるように顔をそむけてしまう。

……これが、自慢できるような大きさならまた違ったのかもしれない。

だが、ノーメイクにして、体型の目立ちにくい制服のローブを着ただけで男と誤魔化せるような私だ。女としての魅力は正直欠けているとしか思えない。

それを見せつける形になる今のような姿は、とてつもなく羞恥心を煽《あお》った。

「ルシウス……恥ずかしい……から、ね？　やめ……」

「今更？　もう何度も見ているし、こうやって触れているのに？」

「あっ……」

ルシウスが少し屈《かが》み、いきなり胸の頂を口に含んだ。ちうっと強めに吸われ、身体が跳ねる。壁に押しつけられたまま、もう片方の胸は彼の手で弄《いじ》られた。

「ひぅっ……あっ、だ、だめっ……」

彼の舌が生き物のようにうごめく。

一番敏感な場所を避けるように舐《な》めまわしたり、逆にその部分を強く噛んだり。その後は癒すように丁寧に舐めたりしてくる。もう片方の手も忙しく、胸の先をこりこりと摘《つま》んでいた。

「ぁあっ、あっ……！」

「君は、本当に感じやすい。胸の先を舐められて気持ちが良い？　もっとして欲しいって思っているのが君の反応だけでわかる。……言えよ、アリシア。そうすれば、君がして欲しいようにもっと気持ち良くしてやるから」

「ひゃああっ」

きゅうっと胸の先を摘まれて、甘い声が上がった。

ルシウスはこの行為が始まると、すごくいじわるになる。こちらの羞恥を楽しむように、言葉で攻めてくるのだ。

「やっ、やっ……あんっ、も、こんなとこで、駄目っ」

「こんなところって……今更だって言っているだろう？　君だってこんなに感じている」

「ひぁ！」

ちくちくとまた胸の先を食《は》まれた。身体の奥に重いものが溜《た》まって行く。どろりと自分の中から蜜がこぼれ出したのがわかった。

「んっ……んっ」

「気持ち良いって言えよ、アリシア。そしたら下も触ってやるから。どうせぐしょぐしょに濡《ぬ》れているんだろう？　それとも我慢できるのか？」

「あ……んんっ。やああっ」

彼の動きは止まらない。ねっとりと嬲《なぶ》るように胸を弄られて、私はもう、たまらない気持ちになってしまった。下半身に熱が集まる。私は彼の肩に手を置き、その指示通りに続きを強請《ねだ》った。

「き、気持ち良いっからっ。ルシウス……お願い、下も……触って」

胸から顔を上げたルシウスが、満足そうに目を細める。

「やっと言った。ご褒美に君の大好きな場所を思いっきり弄ってやる」

胸を弄っていた手が下り、忙《せわ》しなくベルトを外した。金属音と一緒に下着がずり下ろされ、下半身がさらけ出される。少し開いた股の間に彼の手が無遠慮に触れた。まるで期待するかのように、無意識に身体が震える。

「んっ」

「ほら、やっぱり。ぐしょぐしょに濡らしてる。僕に触れられて気持ち良いってそう言っている。君は身体の方が正直だな」

「はっ……ああっ、そこっ」

耳元で囁《ささや》きながら、彼の手が敏感な襞《ひだ》に触れる。

数回確かめるように前後に擦られ、濡れているのを確認した彼は、そのまま指を蜜口へと差し込んだ。そしてもう一度、胸の先を口に含む。

「んっ……ルシ……ウスっ」

蜜口と胸を両方刺激され、私は気持ち良さのあまり身体を震わせた。

こんな事をされても嫌だと思うどころか快感で泣きそうになるのだから、心と身体って繋《つな》がっているのだなって変なところで感心してしまう。

好きな人に触れられているというのは、それだけで快感を高めてしまうものなのだ。

私の弱い部分を知っている指がその場所を集中的に攻め上げる。

言葉にできない痺《しび》れが身体の奥からこみあげてくる。それがいわゆる絶頂であるという事を私は彼に教えられて知っていた。指が二本に増やされ、ぐちゅぐちゅといやらしい水音がより羞恥を煽る。

立っているのも辛くなってきた私は彼の首に両腕を回した。

「や……っ！　あ、ルシウスっ……もうっ」

強請るように彼を抱きしめた私に、ルシウスが楽しそうに笑う。

「もうイきそう？　君の中、すごい勢いで僕の指を締めつけている。……この中に僕を沈めたら、さぞかし気持ち良いんだろうな」

「あ……それは、ダメ！」

ルシウスの言葉の意味を理解し、必死で首を横に振る。

ルシウスは少し残念そうに、それでも「わかっている」と頷いた。

蜜口に二本の指を差し込んだまま、膨れ上がった花芯も同時に刺激する。今までわざと放っておかれた花芯に急に触れられ、私はびくりと反応した。

「んんっ！」

「声、出し過ぎるなよ。気づかれたら困るのは君だろ」

ルシウスが声を上げさせないようにか唇を塞ぐ。舌を絡められ、擦られる。

その間にも一番弱い花芯を爪の先で刺激され、一気に絶頂感が駆け上がってくる。

「んんっ……んんんんんっ！」

もう駄目。

そう思った瞬間、ぱんっと頭の中が白く弾《はじ》け、自分がイった事がわかった。力が抜け、ずるずると床にへたり込みそうになる。それをルシウスは心得たように支えた。

「……時間がないのは本当みたいだから、今日はこれくらいにしてやる。でもこれ以上君が、誰にでも良い顔をするようなら……次は容赦しないから」

「良い顔なんて……」

していない。そう言おうとしたのだが。

ルシウスは吐き捨てるように言った。

「しているだろ。……僕にだってこうやって身体を許して、いやらしく啼《な》いて。僕は君が何を考えているのかわからない」

「っ……」

ルシウスの言葉に俯《うつむ》いた。何も言い返せない自分が悔しかった。

本当は言いたい。ルシウスが好きだからだと。

そうでなくてはこんな事許す筈がないではないか、と。

複雑な気持ちが胸中を占める。

この切ないまでの恋心をわかって欲しいと思いつつ、でもそれはできないと、やはり即座に否定した。

だって知られてしまえば多分その瞬間、この曖昧な関係は終わりを迎えるような気がするから。

言葉遊びのように婚約破棄を求めてくるが、多分本気ではないだろう。

するつもりは毛頭ないが、万が一行動に起こして告白したとしても、きっと彼は喜ばない。

「本気にした馬鹿な女」と笑い、離れて行くだけだ。

今のこの関係だから、私に触れてくれるのだ。

『取引』だから触れてもらえるのだ。

わかっている。今のこの形がきっと一番双方にとって良い。

告白なんてしても意味がない。だって卒業すれば私はフェルナン王子の元へ嫁いで行く。それをやめる気はないし、ルシウスだって国へと帰って行く。その後は、きっと彼に相応しい妻を娶《めと》るのだろう。二人とも、未来は既に確定している。

私は震えそうになる声を気力だけで抑え込んだ。込み上げてきたものを押し殺した。

「馬鹿な事言わないで。ルシウスが……初めに言いだした事じゃない。これは……単なる取引よ」

私の言葉にルシウスははっとした表情を見せた。

「……ああ、そうだ。……君の、言う通りだ」

「……ルシウス」

一瞬酷く傷ついた顔をした彼に、何故だか強く引きつけられた。

◇◇◇

「遅くなってしまった……」

あれからルシウスと別れ、私は予定通り校内の見回りに戻っていた。思っていたよりも時間を取られてしまったので、足早に校内をチェックして回る。

「今日は助かったけど……」

先ほどの事を思い出し、一人呟く。

近い未来、私は破瓜させられてしまうのではないだろうか。

最近、ルシウスの目を見ていると、そう思う時がある。なんとなくだが今日も危なかった気がする。

多分、気のせいではない。彼の雰囲気がそう言っている気がするのだ。

それなら、約束が違う――そう言って逃げれば良いのかもしれないけれど。

「一瞬でも抱いて欲しいって思ってしまう自分が、一番嫌だわ……」

私からは強請れない。でも、ルシウスがどうしてもと言って、無理やり行為を強制してきたら？

きっと、私は喜びを持って受け入れてしまうだろう。……簡単に想像できてしまう。

そんな自分に嫌悪感すら覚える。私は決めたのに。

私の処女は、フェルナン王子に捧げるって。それが彼に対する誠意だって。

自分の意思が弱過ぎて嫌になる。もっと気を強く持たなくては。

彼との関係は卒業まで。それが終わったらきっぱりと関係も気持ちも断ち、約束通りフェルナン王子の元へ嫁ぐのだ。

「うん……もう、それしかないの」

今更あの三人の誰かと、なんて思わない。

ルシウスでないのなら皆一緒だが、それでも――。

まだ顔も知らないフェルナン王子の方がよっぽどましだと断言できる。だって、彼らと付き合う私の姿を、何よりルシウスに見せたくない。

「ああ、もう！　暗いのは禁止！　気合だ、気合！」

ぱんと両手で自分の頬を打った。悩むのは終わり。結末はもう決めてあるのだ。

これ以上悩んだって、なんの意味もない。残り少ない学園生活、楽しく過ごさなければ。

「っと……あら？」

ふと、くぐもった声が聞こえた気がした。それは密《ひそ》やかな熱が籠った声。

声の主を注意深く探すと、階段の裏側に、抱き合う二人の生徒の姿が見えた。慌てて目を逸らしてはみたが――。

うわ――！　見ちゃった！　双方の顔までばっちりと。

向こうは抱き合うのに必死でこちらの事まで気がついていないようだ。ドキドキしながら、もう一度ちらりとそちらを見る。先ほどまで抱き合っていただけの二人は、今度は熱いキスを交わしていた。

ひゃーっ！

割と整った顔立ちの、ローブの刺繍《ししゅう》からして二年の男が、年下の一年に口づけている。

一年の生徒はどちらかというと可愛らしい部類。頬を染めて、必死で相手のローブを摑み、キスに応えていた。

なんという美味《おい》しいシチュ……。やっぱりキミセカはこうじゃないと！

美形同士の美しい愛！　私が求めていたのはまさにこれ！

殆ど初めて目にした、リアルBL世界に私の腐女子心はときめいた。

そうだよ、そう。私はこういうのを観察したかったんだ。彼らも早く目覚めて、テオを追い掛けてくれればいいのに。

非常に満たされた気分で私はそっと踵《きびす》を返した。

若人達よ、心行くまで楽しむが良い。

うんうんと頷きながら、その場を後にする。勿論注意はしなかった。キスくらい、この年にもなれば普通でしょう。一応隠れている訳だし、私が騒がなければいいだけの話。初々しいものじゃないか。いやはや何よりも萌えさせていただきましたよ。

うむ。実にいいものを見た。

私は今、とてもいい顔をしているだろうと思う。

すっかり気分が高揚した私は、機嫌よく執行部室へ戻って行ったのであった。

◇◇◇

「おーい、オラーノ君！」

執行部での用事を済ませ、学生寮へ戻ろうとしたところで、教師に声を掛けられた。

今年赴任してきたばかりのその教師は、私の顔を見るとあからさまにほっとした顔になる。

その顔に面倒事の予感を感じつつ、私は返事をした。

「はい、先生。どうかなさいましたか？」

「ああ、ここで君に会えて良かったよ」

まるで天からの助けにでも出会ったような顔をする教師に、顔が少しだけ引きつった。そして待て、その手に持っている山のような資料はなんだ。

何事もなく上手くこの場を去る事ができれば万々歳なのだが、どうも難しそうである。

私は殆どあきらめ気分で彼の言葉を拝聴する姿勢を取った。

「オラーノ君。君は確か、寮生だったよね？」

「はい……そうですが」

学生は国内の貴族の子弟が多い。そのため自宅から通っている者が多く、私のように寮生をしているのは外国からの留学生や、特待生くらいだった。

「ああ、やっぱり。良かった！」

教師の言葉に頷くと、彼は笑顔で手に持っていた沢山の資料を、どさどさと私の両手に落としてきた。

慌てて受け取る。想像以上の重さに取り落としそうになった。

教師がにこやかに説明する。

「これはね、学生寮の来年度のパンフレットなんだ。寮に帰るというのなら、ついでに持って行ってくれないかな。寮の管理担当者に渡してくれればいいから。実は僕は学生寮にはまだ行った事がなくてね。先輩教員に頼まれたはいいものの、場所も良くわからなくて困っていたんだ。執行部長の君になら預けても問題はない。僕の方から担当者には連絡しておくから、後は宜《よろ》しく頼むよ」

「は……はあ」

「じゃあ、宜しく頼むね。いやあ、助かったよ」

自分の言いたい事だけを一方的に告げて、教師は爽やかに片手をあげて去って行った。

残されたのは、山のような資料を無理やり押しつけられた私だけ。

何も言い返せず教師を見送った私は、一人呆然と呟いた。

「……嘘。ここから一人で寮まで持って帰るの？」

ずっしりとした重みに泣きそうになった。

ここから学生寮までは、徒歩五分くらいの距離だ。

この仕事を頼まれたのが本当に男子生徒だったら何も問題はなかったのだろう。だが、実際頼まれた私は女で、この資料は女の私には恐ろしく重く感じる。

男女の差を感じる瞬間に、情けなくもため息が漏れる。

途方に暮れつつも、なんとか平気な顔を取り繕いながら歩き始めた。どこで誰が見ているのかもわからない。こんなものすら持てないようでは、本当に男なのかと疑われてしまう。

両手がぷるぷると震える中、それでも必死に平静を装いながら歩いていると、載せられていた荷物が横からひょいと奪われた。

「ふらふらするな。全く君は……」

「え……」

突然重さがなくなった事に驚く。隣から呆れたような声が聞こえ、そちらを振り返ると私から荷物を奪った犯人――ルシウスが片手で奪った荷物を抱え、それでも全く苦を感じさせない様子で立っていた。

「る……ルシウス」

「これは君には無理だろう。全く……さっさと断れば良かったものを」

「い、いや。断る暇もなかったし……そんな選択肢もなかった」

あの状況で執行部長の自分が断れる筈もない。無理だと首を振ると、嘆息したルシウスが、一人さっさと歩き始めた。

「ど、どこへ行くんだ」

慌てて追い掛ける。ルシウスは振り返りながら言った。

「学生寮へ運ぶんだろう？　僕も帰るところだ。丁度良いからこのまま持って行ってやる」

「え、いや、そんな事させられない。それは私が頼まれた仕事だ」

いくら重かろうが、自分に任された仕事を他人に押しつける訳にはいかない。

だが、ルシウスは足を止め、私をじろりとねめつけた。その顔に一瞬怯《ひる》む。

「な、なんだ」

「……人には向き不向きがある。それくらい君にもわかっているだろう。これは君には無理な仕事だ。……それに、僕は君の事情を知っているんだ。これくらい頼ってくれ」

「……」

――女性に重い荷物は持たせられない。

言外に含まれた意味を理解し、顔に熱が集まる。ルシウスの、言葉にしない優しさに胸が詰まった。

ああ。本当にどうして、彼はそうやって私の心を簡単に奪って行くのだろう。そんな事をされれば、ますます私は彼の事を好きになってしまうというのに。

私を一瞥して、またルシウスが歩きだす。私は慌てて彼を小走りで追い掛けた。

「待て、待ってくれ。その心遣いは本当に有難いが、全部を持ってもらう訳にはさすがにいかない」

「それなら、君はこれを持て」

「え」

渡されたのは資料の上に乗っていた少し分厚い封筒。

おそらく受領書や書類が入っているのだろう。封をしてあるその封筒を私に片手で手渡したルシウスは、これでいいとばかりにまた歩きだした。

「自分が何もしないのが嫌なんだろう？　なら君はそれを持って行け。書類を粗末に扱うのは良くないだろう。別々に持って行ったとしてもなんらおかしくはない」

「……ありがとう」

小さく礼を告げる。ここまで気を遣われてしまっては、それ以上拒否はできなかった。

それに実際、資料を持ってもらえた事は本当に有難かったし、嬉しかった。

だから私もそれ以上騒ぐのは止めて、おとなしく好意を受け取った。

学園を出て、寮に向かって並んで歩く。私は執行部が忙しいし、彼は部活には所属していないので、普段から一緒に登下校する事などない。だからこうやって一緒に歩くのはとても新鮮だと思った。

というか、よくよく考えてみれば、これは好きな人と一緒に下校という、とても嬉しいシチュエーションではないだろうか。

「……！」

ようやくそこに思い至った私は、すっかり舞い上がってしまった。

わあ！　わあ！　どうしよう。これは、すごく嬉しいかもしれない。

それでも、気づいてしまえば恥ずかしくなって逆に何も話せなくなる。ちらちらと彼の横顔を窺うのが精いっぱいだ。

彼の端正な横顔をちら見しながら、一人うっとりと幸せな時間を過ごした。

楽しい、思いがけない幸運はあっという間に終わりを告げる。元々五分程度の距離だ。長く楽しみようもない。

あらかじめ連絡を受けていた担当者が学生寮の前で待っていてくれた事もあって、問題なく仕事は終わった。それを少し残念に思いながらも、改めて彼に礼を言った。

「ありがとう。正直、どうしようか困っていたから助けてくれて本当に嬉しかった」

いつだって、私は彼の優しさに救われている。

この学園生活を楽しく送る事ができるのだって、彼がいるからだ。

感謝を込めて礼を伝えると、ルシウスは困ったようにそっぽを向いた。その顔が少し照れているように見えるのは気のせいだろうか。

「……別に。大した事はしていない。君はいつも危なっかしいから見ていられないだけだ」

じゃあ、と言って彼は先に学生寮に入り、階段を上がって行く。おそらく自分の部屋に戻るのだろう。

その後ろ姿を感謝の念をもって見送り、私も別棟に向かって歩き出した。

ルシウスが住んでいるのは本館。私は新館なのだ。

「ルシウス……やっぱり優しい」

助けてもらえた事をすごく幸せに感じながら部屋に戻る。

自室のベッドに転がり、彼に最初に声を掛けられた日の出来事をなんとなく思い返す。

あの時も、彼は私が困っているところを助けてくれたのだ。

「あの頃から、ルシウスは全然変わらない……」

ぽつりと呟き、思い出すのは二年の最初の頃。学園の廊下をやはり教師に頼まれて、重い荷物を運んでいた私。

あの頃の私は、まだまだ皆に疎まれていて、誰の助けを得る事もできなかった。

それに、持っていた荷物は今回と同じように男であるなら普通に持てる程度の量。

それがわかっていたから、絶対に弱音を吐く訳にはいかなかった。毅然《きぜん》と頭をあげ、気力を振り絞ってはいたが、それでも荷物は重いし、そのうちなんとなく心細くなってきたのだ。

そんな時、ただ一人声を掛けてくれたのがルシウスだった。

――――私があの時どれだけ嬉しかったのか、どれだけ感謝していたのか、きっと彼は知らない。

「……君一人では無理な量だろう。半分貸せ」

「え？」

そう言って、荷物を半分どころか八割方持ってくれた彼を、あの時の私は啞然《あぜん》と見つめる事しかできなかった。だって、一年の途中から私と同じく編入してきた彼を、勿論知ってはいたが、親しく話した事など一度もなかったのだから。

むしろ避けられているのではないかと思うくらい、同じ学科を取っているにもかかわらず、それまで全く交流がなかった。

「……い、いいのか？」

「そんなよろよろと歩かれる方が迷惑だ。ああ、僕はルシウス・メンブラードという。君とこうして直接話すのは初めてだったな」

「あ、ああ。私は、レジェス・オラーノだ。……すまない。感謝する」

「気にするな。大した事をしている訳じゃない」

それだけ言って、後は無言で荷物を運んでくれた。誰も助けてくれなくて当然だと思っていたからこそ、彼の何気ない優しさが、涙が出る程嬉しかった。

それからだ。彼と親しく話すようになったのは。

誰にも頼る事ができなくて困っている時などは、どこからともなく現れて、彼がいつも助けてくれた。

優しくて、頼りがいがあって……後、これはおまけだと思ってもらいたいのだが、好みの顔。しかも、キミセカとは関係のない人物という安心感もあった。

これで惚《ほ》れない方がおかしいと思う。

……いや、私がちょろいのだと言われてしまえばそれまでなのだが。

「ルシウス……好き」

ベッドに転がったまま、小さく呟く。

彼に今日どう触れられたかを思い出し、一人顔を赤くした。彼の手が触れた場所が、熱を持っているような気がする。

「はあ……」

――ああ、本当に。

いっそ抱かれてしまいたい。触れられるだけじゃ物足りない。

彼の事が好きで好きでたまらない。

「……無理な話だけどね」

ベッドから起き上がり天井を見上げる。

これは決して本人に伝える事のない想い。

この気持ちを抱えたまま、それでもフェルナン王子に嫁ぐと、私はもう決めている。

だから、とても残念だけど、ルシウスに操は捧げられない。

それをさびしく思うも、王族とはこういうものなのだと諦めるしかなかった。

第二章　人たらしには要注意

「今回の対抗戦、参加者はかなりの人数になりそうですね」

私の少し後ろを歩くレアンドロの言葉に、ちらりと彼を振り返った。

黒髪黒目を持つ、容姿端麗の男は私と視線を合わせ、にこりと笑う。

今は昼休みではあるが、近くに控えた大きなイベントの準備のために、私達は休憩時間を返上して働いていた。

『校内対抗魔法戦』

卒業直前のこの時期、一年に一度行われるビッグイベントだ。

「そうだな。私は参加しないが……お前達は皆、参加するのか？」

ありとあらゆる行事の中でも一番盛り上がるイベントではあるが、参加自体は自由だ。ただし、賞品が豪華という事もあり、毎年割と多くの生徒が参加している。

今年は優勝賞品が『魔法師団への推薦状』という事もあり、いつもより参加者が増えている。その分、執行部への負担もかなりのものとなっていた。

今も昼を抜き、施設の申請書を学園長に提出してきたばかりだ。

自分達の事は自分達で、という学園のコンセプトのせいで、ほぼ全ての準備は執行部が行う。成功させるも失敗させるもこちらの責任。教師達は高みの見物を決め込む。

そんな面倒極まりない校内対抗魔法戦。魔法戦と銘打っているだけあって、攻撃手段は当然魔法だけだ。剣などといった武器の類は一切使えない。

残念ながら私は攻撃魔法が使えないので、このイベントは二年連続で欠席している。勿論今年もその予定だ。

「ええ、せっかくの機会ですしね。ぜひ、レジェスにいいところをお見せしたいですね」

「ほう。優勝でもしてくれるのか？　それは楽しみだな」

「あなたがお望みとあれば」

軽く言ってのけたレアンドロだが、確かに彼にはそれだけの実力がある。

将来の宰相候補ではあるが、魔力も高く魔法師団への適性は高い。将来有望株である事に間違いはなかった。さすが、母。目が高い。

「張り切り過ぎて、怪我《けが》をしないようにな」

「そうしたら、あなたが治してくれるのでしょう？　それはそれで悪くない気がしますね」

くすりと、眼鏡のフレームに手を掛けて笑うレアンドロには、けしからん色気が漂っている。

だから、その色気を私に向けるな。

向けて欲しい時には見向きもしなかった癖に、世の中とはままならないものである。

「……わざと怪我をするような奴の手当はしない」

仏頂面でそう告げる。

私は、攻撃魔法適性は全くないが、その代わりフロレンティーノ神聖王国の王女の名に相応しく、回復魔法には非常に高い適性を持っていた。

回復魔法だけならこの国の誰にも負けないと豪語できる。だが、そのせいもあって、私は参加しない代わりに救護班長として、対抗戦の間、ひたすら怪我人の治療をし続けなければならないのだ。

参加しないからと言って、当日暇な訳ではない。例年通りなら誰より忙しいのが私だ。

「わかっていますよ。あなたの目を誤魔化せるとは思っていません。全力で勝ってみせます」

「それならいい」

執行部室へ向かって廊下を歩く。

私達が通るたびに、生徒達が憧れの眼差《まなざ》しを向けてくるのがわかる。

執行部役員は未来を約束されたエリートの集まり。生徒達が憧れるのも当然なのだ。

レアンドロがくすりと笑う。

「皆、あなたに見惚《みほ》れているのですよ。選挙での圧倒的勝利は伊達《だて》じゃありませんね」

「あんなのは偶然だ」

というか原作補正だろう。

「偶然であれだけの票が取れるのなら誰も苦労はしませんよ。私達の後の執行部が、少し可哀想《かわいそう》な気もしますが……」

「それは私達が憂慮すべき問題ではない。後の事は後の奴らが上手くやるさ。私達は今、できる事をしよう」

「ええ、そうですね」

同意したレアンドロから視線を正面にうつす。

本当に、後の事などどうでもいい。

だってその頃には、レジェス・オラーノという人物はいない。

代わりにアリシア・フロレンティーノという一人の王女が、隣国へと嫁ぐだけなのだ。

物思いに耽りながら歩いていると、正面の方に人だかりができている事に気がついた。

野次馬らしき生徒が数人、その中心には一人の生徒を三人の別の生徒が取り囲むという、あからさまな虐《いじ》めの現場があった。

「……レアンドロ」

「はい。……貴族の風上にもおけない行いですね」

短く彼の名前を呼ぶと、レアンドロも柳眉を顰めながら頷いた。

二人で急いで現場に近づいて行く。

虐めている方は、周囲の事など気にもしていないのだろう。

三人は蔑んだ目で、目の前の同学年の男子生徒を見つめていた。

被害者の男子生徒はといえば、廊下に手をつき、顔は伏せている。悔しいのだろう、身体が屈辱に震えていた。

主犯格とみられる男子生徒の優越に満ちた表情に、私はうんざりとした気分になった。

「……レアンドロ。アレは確かロドリゲス伯爵家の次男だったか」

当然生徒の名前は全員把握している。

後の二人はその取り巻きだろう。どちらも子爵の家柄だった筈だ。

レアンドロも不快だという表情を隠しもせずに言った。

「ええ、そうです。血統を何よりも重視する、時代遅れの考えに取りつかれた古い家ですよ。そのせいで没落しかかっているというのに、その息子も同じとは……ロドリゲス家の先が見えるようですね」

「長男はそんな事はなかった筈だ。次男の方に両親の考え方が受け継がれてしまったのだろう。被害者の彼は……ああ、確か今年の特待生だったか」

優秀な人材を広く集める王立魔法学園では特待生制度を採用している。

難関試験ではあるが、合格すれば授業料は免除されるし、未来も開ける。高い入学金や授業料が壁になる生徒への救済措置として、上手く機能している筈だったのだが。

「……己の身分を笠《かさ》に着た虐めか。低俗だな」

能力なら、特待生の彼の方が当然上だろう。

またそれがロドリゲスの二男坊にとっては許せなかったのだろうが。

ロドリゲス達は目の前の生徒に向かって、吐き捨てるような口調で詰った。

「お前みたいな下賤《げせん》な奴がいると、この学園まで汚される。荷物をまとめてさっさと出て行ってくれ」

「……っ！」

あまりの言い草に我慢できなかった。まだ少し距離はあったが、私は皆に聞こえるように声を張り上げた。

「……それは誰の事を指して言っているのか、私にもわかるように説明してくれないか」

「誰だ！」

皆の視線が一斉にこちらに向く。

訝《いぶか》しげな顔で睨みつけようとしてきたロドリゲスとその取り巻きの二人は、私の顔を見て時が止まったかのように固まった。

「……オ……オラーノ執行部長？　まさか……どうして、ここに」

「お前は一年のロドリゲスだったな。見たところ彼には落ち度がないように思えるが、お前はなんの権利があって彼を貶《おとし》めているのか。当然、説明できるのだろうな」

「そ、それは……」

答えられないロドリゲスを無視し、地べたに膝をついている生徒へと駆け寄る。

私が近づくと生徒達は自然と道を譲った。一緒になって彼を取り囲んでいた子爵子息達も、慌てたように後ろに下がる。

「おい、大丈夫か」

肩を支えるように抱き起こすと、生徒は――確かアルベイダという名だったと思う――私を見て驚いたように目を見張った。

「あ……え？　オラーノ……執行部長？」

「くるのが遅れて悪かった。……頬の傷が酷い。あいつらに殴られたのか」

彼の顔は酷いものだった。頬は血が滲《にじ》み、赤黒くなっている。

元の顔は結構な美形だっただろうに、可哀想なくらい腫れ上がってしまっていた。

そんな目にあっているにもかかわらず、それでも彼は何かを気にしたように視線を彷徨《さまよ》わせ、言葉を紡ぐ事を躊躇する。

「えと、その……」

「ん？　……ああ、そうか」

そこでようやく気がついた。彼が爵位のない庶民である事を気にしているのだと。

当たり前だ。だって今までそれが理由で責められていたのだから。私は彼を勇気づけるために背を軽く叩きながら言った。

「彼の事なら気にしなくていい。正直にあった事を話せ。何をされて、何を言われたのか。彼の身分を気にしているなら、私やレアンドロの方が上だ。何も問題は起こさせない」

私の言葉に彼は目を潤ませながら何度も頷いた。その声に嗚咽《おえつ》が混じる。

「オラーノ執行部長……。はい……庶民はこの学園に相応しくないから出て行けと、そう言われ、殴られて……蹴られました」

「お前っ！　ち、違います、オラーノ様！　私はそのような事など……」

アルベイダの告発に、ロドリゲスは狼狽《ろうばい》した様子で自らの行いを否定してきた。

それに冷たい視線を向けながら言う。

「ほう。私は先ほど、お前の口から似たような言葉を聞いたばかりだが？」

「そ、それはっ！」

「お前の歪んだ思想は、この学園に悪影響しか与えない。少し頭を冷やすが良い。……レアンドロ。彼らを頼めるか？」

私の言葉に一歩前に進み出たレアンドロが「ええ」と了承した。

「勿論ですよ。レジェス……あなたの頼みなら」

「ああ、その間に私はこいつの怪我を癒そう」

「その方が良さそうですね。随分と酷い怪我だ。……ああ、そこのあなた達、逃げられると思わない方が良いですよ。あなた達の顔は覚えましたし、下手に逃げようものなら、罪は二重に重くなります。勿論、それを望むというのなら止めはしませんが」

「ひっ……」

逃げようとしたロドリゲス達に、レアンドロが口調だけは優しいままに告げる。だが、その声音は絶対零度。

ここで逃げればどうなるか――――。

自分達の末路を想像してしまったのか、彼らは力を失ったように皆、その場にしゃがみ込んでしまった。そんな彼らをレアンドロが容赦なく立たせて連れて行く。

抵抗する気力もなくなったロドリゲス達は、レアンドロに大人しく従った。それを目で見送り、私は怪我をした生徒に向き直った。

彼らの事はレアンドロに任せておけば大丈夫だ。きっと上手くやってくれる。そういう手管には必要以上に長《た》けている男だ。

目の前のアルベイダに視線を合わせる。痛々しげな姿に顔を顰めた。

多分、殴られたのは頬だけではないのだろう。身動きをするのも辛そうな状態の彼に、じっとしているように言った。

「動くな。今、癒してやる」

「えっ……？　オラーノ様？」

手と目線で、それ以上の言葉は制止する。ざわり、と周囲が一瞬騒然としたが、無視した。

大きく息を吐き、両手を合わせる。その中へ凝縮した魔力を注ぎ込んだ。

集まった魔力を癒しの力へと変換させて行く。透明だった魔力に色がつき、白い光が両手の間からキラキラと零れ落ちて行った。

驚いたままのアルベイダの頬に手を伸ばす。

「……っあ」

頬に触れると同時にアルベイダの姿が徐々に柔らかな優しい光に包まれて行く。

私が得意とする回復魔法の一つ。『光の癒し』。特に外傷に適した魔法だ。

光は全身にひろがって行き、やがてその光が収まった時には彼の身体から全ての傷は消え失《う》せていた。

周りにいたやじ馬達がわあっと歓声を上げる。

「すげえ！　今の見たか？　この学園でオラーノ様しか使えない治癒系の上級魔法だぜ？」

「一瞬で治るんだ！　へええ。治癒系魔法って使い勝手が悪いって思っていたけど、上級魔法になると流石にすごいな！」

ざわつく周囲の声は無視して、アルベイダに問い掛ける。

「大丈夫か？　どこも痛くないか？」

魔法の成功はわかってはいたが、それでも念のため尋ねる。

私の言葉に呆然としていた彼ははっと我に返り、こくこくと頷いた。

「はっ……はいっ！　オラーノ様、大丈夫です！　ありがとうございます！」

「私の魔法が通用する程度の怪我で良かった。あまり重症だと私でも手に負えないからな」

「オラーノ様……」

涙ぐむアルベイダの頭を撫《な》でてやる。魔法は万能ではない。

各自の保有する魔力量と、使う魔法の属性、種類に応じてそれぞれ効果が決まっているのだ。

魔法の属性は色々あるが、属性ごとに、初級、中級、上級魔法が複数存在している。

今私が使った魔法は、治癒属性の、上級に分類される魔法だった。

「彼らの事を許してやってくれとは言わない」

「……」

目を見開き、こちらを見つめるアルベイダに言い聞かせるように告げる。

「だが、全ての貴族が彼らのような考え方をするのではないとわかって欲しい。お前は優秀な人物だと聞いている。道を間違う事なく進んで欲しい」

「……でも」

悔しいのだろう。ぐっと拳を握り俯いた彼に、それでも仕返しなんて事はして欲しくなかった。そんな事をすれば、その瞬間彼もさっきの男達と同じところまで堕ちてしまう。

「こういう事は二度とないように徹底させよう。だから今回だけは……いや、今までにも何度もあったのだろうが目を瞑ってくれないか？　勿論あの男達には相応しい罰を与える」

アルベイダは少し悩むように目を閉じた。それからゆっくりと頷く。

「オラーノ様……はい、オラーノ様がそうおっしゃるのなら」

「ありがとう、アルベイダ。お前の能力は買っている。努力すれば、それに見合った成果は得られるだろう。腐らず頑張って欲しい」

わかってくれたのだと嬉しくなり微笑めば、彼は顔を真っ赤にして俯いてしまった。

年頃の少年が頬を染める様はとても可愛らしい。男モードであるにもかかわらず、うっかり萌えそうになってしまった。

「はい。あの……怪我を治していただき、本当にありがとうございました」

「礼はさっきも聞いたし、必要ない。当然の事をしたまでだ」

学内の虐めなど執行部長としても放っておけるものではない。だが、アルベイダは私の言葉を否定するように首を振った。

「それでも、ありがとうございます。僕……僕、いつかきっとオラーノ様の隣に立ってもおかしくない相応しい地位を、あなたに認められる方法でつかみ取ってみせます」

「ああ、楽しみにしている」

優秀な特待生である彼なら、努力すればかなりの地位まで上る事も可能だろう。

そう思い頷けば、アルベイダは熱の籠った目を向けてきた。

……あれ、と思い固まる。

なんかおかしくない？　その目。

「きっと、きっとあなたに追いつきますから、絶対に待っていて下さいね！」

「あ……ああ」

何か間違えたかと思いつつも了承を伝えれば、彼はさらに顔を赤くさせた。

あれ、またこの反応……。

「レジェス、彼らにはしかるべき措置を取りましたよ」

まだ何か言いたげな彼に、それでもそろそろ去らねばと思っていると、用事を済ませて戻ってきたレアンドロから、ふいに声を掛けられた。

その事にほっとする。なんだかまずい展開になってきた気がしていたのだ。

「あ、ああ……レアンドロか。すまない。助かった」

別の意味でも助かったと思ったのだが、レアンドロは緩く首を振った。

「いいえ。あなたのお役に一番立てるのは私ですから。……ぽっと出の、下級生になどつけ入る隙は与えません」

「ん？」

ぼそりと呟いた言葉に反応するも、笑顔で流されてしまった。

「なんでもありません。それでは行きましょうか。そろそろ戻らなくては、昼休みも終わってしまう」

「ああ、そうだな。それではな、アルベイダ。私はこれで失礼する」

声を掛けると、アルベイダは慌てて返事をした。

「はっはい。オラーノ……いえ、レジェス様。ご挨拶が遅れました。僕はアーロン、アーロン・アルベイダと言います。どうかアーロンとお呼び下さい」

今更ながら自己紹介をしてきた彼を不思議に思いつつも、まあいいかと思い、その名を呼んだ。

「ん？　そうか。ではな、アーロン」

「はいっ！」

「ちっ……小賢《こざか》しい真似を」

「レアンドロ？」

舌打ちをしたレアンドロを怪訝《けげん》な目で見る。

腹立たしいと言わんばかりの彼は私の視線に気づくと、すぐにいつもの蕩けるような笑みを浮かべた。

「なんでもありません。行きましょう、レジェス」

「ああ……」

首をかしげつつも頷く。

キラキラと目を輝かせながらこちらを見つめ続けるアーロンを残し、レアンドロと二人ようやくその場を立ち去る事に成功した。

◇◇◇

「────先ほどの彼らですが、反省させるのは難しいかもしれませんね……」

執行部室へ戻る道すがら、レアンドロが口元に手を当て、少し考えるような声で言った。

彼らというのは勿論、ロドリゲス伯爵家の二男達の事だ。

十分予測できた事態に苦笑する。

「やはりか……随分と凝り固まった考えの持ち主のようだからな」

「ええ、今は反省室に放り込んでありますが……」

「出せば同じ、か。だが、二度は繰り返させないぞ」

アーロンとの約束を破る気はない。強く自らの意思を伝えると、レアンドロも同意した。

「わかっていますよ。どちらが悪いのかは明白ですし……私も、彼らを徹底的にアルベイダから隔離させる予定ではいますが……そうですね、それでも理解できないというのなら、いっその事転校してもらうというのはどうでしょう」

眼鏡の奥の瞳が光ったような気がした。多分、気のせいではない。

「己の置かれた立場を理解できれば避けられる話……という訳だな」

「その通りです。この魔法学園に在籍したいのなら、それなりに態度を改めなければならない。それを理解すれば済むだけの話ですから。勿論猶予期間も与えます。ですが、それをわざわざ教えてやる気はありません」

「そうだな。自業自得だ。それにこういう事は、自ら気づかなければ意味がない」

むしろレアンドロのやり方としては生ぬるい。態度を改めさえすれば転校を回避できるのだから。

「本当は猶予期間など与えず、問答無用で追い出したかったのですがね……あんな人間のクズども」

吐き捨てるように言ったレアンドロを宥める。彼らがやっていた事は本当に最低だが、そういう言い方は好きではなかった。

「レアンドロ。彼らのやり方は確かに間違っていたが、育ちのせいもある。彼らは皆弱い人間なのだ。ああいう風に育たざるを得なかった彼らを私は不憫《ふびん》にも思う。そんな言い方をするな」

勿論本人達の問題もあるが、それが全てではない。

まだ若い学生なら、親の影響を受けるのは当然。そこからどうやって修正して行くのか。大事なのはこれからだ。少なくとも気づく事ができるだけの時間は、与えるべきだと思う。

私の言葉を聞いたレアンドロは、何故かじっとこちらを見つめてきた。その目が熱を持っているような気がする。

「レジェス……あなたは、本当に優しい人ですね。……彼が、惹《ひ》かれてしまうのも当然だ」

「レアンドロ?」

急に低い声を出したレアンドロ。常にない声に眉を寄せると、彼は静かに足を止めた。つられて私もまた足を止める。

「……あなたはいつだって、皆の人気者だ。昔はそうではなかったのに。昔のあなたは皆に鬱陶しがられ、誰にも相手にされなかった。疎まれていた。……ああ、そうだ。あの時、あなたを奪ってしまえば良かった。そうすれば今頃あなたは私だけのものだったのに。あの時、本当のあなたを見過ごしたせいで、今やあなたは誰にも手の届かない人になってしまった」

「おい……お前、どうした」

突然独り言のように語り始めたレアンドロの様子がおかしい。

まるで熱にでも浮かされたように彼は話し続けた。

「ええ、気がついていましたとも。あなたが、私を慕ってくれていた事を。愚かな私は歯牙にもかけませんでしたがね。後悔先に立たずとは、正にこの事です」

「……お前っ、それ、は」

彼が言っているのはまだ一年の時、記憶を取り戻す前の話だ。

あの時の私は彼らに対し、確かにかなりあからさまな態度を取っていた。

気づいて当然。むしろ気がついて欲しくてわざとわかりやすいアプローチをしていたくらいだ。

特にレアンドロにはしつこくしていた覚えがあるだけに、なんというかもう、居た堪《たま》れない。

「レ……レアンドロ。あの時の話はもう……」

これ以上は勘弁して欲しい。

だが、レアンドロは薄く微笑むだけだった。眼鏡の奥の黒い目が切なげに細められる。

逃げ出したい気持ちに駆られ、一歩後退する。レアンドロはそれを塞ぐように距離を詰めてきた。

「どうしてです？　もう、私の事などどうでも良くなってしまったからですか？　あの時の事を私は今でも後悔しているのですよ？　あなたがこんなにも魅力的な人だったなんて……もしあの時知っていたらと……」

ヤバい。良くわからないけどヤバい。レアンドロの瞳は私をうつしたままびくともしない。

逃げようと思うもどんどん壁に追いやられて、正に絶体絶命のピンチだった。

「お、落ち着け、レアンドロ」

「私は落ち着いていますよ。冷静なものです。ただ……ここにどうしても欲しいものがあるというだけで……。以前から思っていましたが、あなたからはとてもいい香りがしますね。甘くて、いつまでも側で嗅いでいたいくらいですよ。身体もこんなに華奢で……抱きしめたら折れてしまいそうだ」

「や……やめ」

「どうしてです？　私はこんなにもあなたを求めているというのに……ああ、肌もまるで女性のようにきめ細かだ。きっと極上の触り心地なのでしょうね……たまらない」

ついに壁に背中が当たった。これ以上は下がれない。レアンドロは私に向かってゆっくりと手を伸ばす。それが怖くてたまらなくて、思わずぎゅっと目を閉じてしまった。

その瞬間脳裏に思い描いたのは、情けない話だけれどやっぱり自分の好きな人で。

いつも助けてくれる自分だけの白馬の王子様に、心の中で助けを求めてしまった。

――――ルシウス、助けて。と。

そんな都合良くきてくれる訳ない。わかっていたけれど願わずにはいられなかった。

レアンドロに触れられるのを悲壮な思いで覚悟し、もう一度強く目を瞑る。

「……」

だが、その瞬間はいつまで経っても訪れなかった。

「……ん?」

おかしい。一体何が起こった。状況が知りたくて、恐る恐る目を開ける。

そうすると、目の前に迫ったレアンドロが手を止め、ある一点を睨みつけているのがわかった。

その視線の先を私も追い、そして泣きたいくらいの安堵《あんど》を覚えた。

「っぁ……」

そこにはルシウスが、とてつもなく不機嫌そうな顔をしたルシウスが、腕を組んでこちらを見据えて立っていた。

「こんな場所で、執行部役員ともあろう人物が何をやっている?」

いつもより低めの声。それだけで彼が酷く怒っている事がわかった。

彼はレアンドロの返事を待たず、かつかつと靴音を響かせてこちらへ歩み寄ってくる。

そして私の腕を引き、すぐに自らの背後へと隠してしまった。

その行動が、まるで彼が私を守ってくれているような気がして、不覚にも涙が出そうになってしまう。

ああ、ルシウスはやっぱりきてくれた、助けてくれたと、無意識に彼のローブをきゅっと握ってしまった。

私の行動に振り返ったルシウスが驚いたように、でも安心させるように微笑んでくれた。

彼はレアンドロに向き直り言う。

「途中から聞いていたがずいぶんと酷い話だ。今更終わった事を蒸し返すなんて、全くいつもの君らしくないな」

嘲るように笑うルシウス。あっという間の出来事だったせいか、あっさり私を奪われてしまったレアンドロが、鋭い目で彼を睨む。

「また、あなたですか」

「また？　まるで僕が居ては、まずいみたいな言い方だな」

自らを落ち着かせるように息を吐くレアンドロ。改めてルシウスと相対した彼の目には、完全な敵意が浮かんでいた。

「ええ。はっきり言いましょうか？　邪魔ですよ。執行部役員でもないくせに、彼の周りをいつもいつもちょろちょろと。誰が一番鬱陶しいってあなたが一番鬱陶しいですよ」

イライラした口調の彼に、ルシウスの方は余裕たっぷりに返す。

「奇遇だな。僕も君みたいなタイプが一番嫌いだ」

「嫌いで結構。それなら彼を置いて早々に立ち去ってもらえませんかね。見ての通り立て込んでいるのです。正直あなたの相手をしている暇はありません」

「ふうん？　立て込んでいる……ねえ？　こんなところで何をするつもりなのか知らないけれど、執行部役員っていうのは皆の模範となるべき存在ではなかったのか？」

「……いちいち口の減らない」

ちっと舌打ちをするレアンドロ。

二人のやりとりを聞きながら、私はそれでもほっとしていた。

ルシウスがきてくれた。だからもう、大丈夫。そう思ってしまっていたのだ。

そして自分がどれ程彼に依存しているのか気づいてしまい、今度は小さく自嘲の笑みを落とす。

――――駄目だな、私。

私は今男を演じているというのに。

それなのに思っている事といえばまるっきり女そのものではないか。

二人の嫌味の応酬は続く。それでも、勝負を決めたのはルシウスの方だった。

「別に僕は何も。ただ僕を邪魔だと感じたのなら、君の方にやましい気持ちがあるからじゃないのか？　ああそうそう、さっき君が預けた生徒、彼らの事で君に聞きたい事があると教師達が探していたぞ。行かなくていいのか？」

教師が探していたという言葉を聞き、レアンドロは苛立《いらだ》たしげにルシウスを再度ねめつけた。

「……先にそれを言って下さい。全く、嫌味な人ですね。レジェス、聞いての通りです。申し訳ありませんが、私はここで」

「あ、ああ」

話をあっさり切り上げ、レアンドロは踵を返した。

いっそ清々しい程潔く私達に背を向けたレアンドロを、呆気にとられながらも見送る。

彼が廊下の角を曲がり、去って行ったのを確認してから、ずるずるとその場にしゃがみ込んだ。

「はあああああー」

――――怖かった。

先ほどのレアンドロには今までにない凄みと真剣さがあった。ルシウスがきてくれなければ逃げられていたのか正直自信がない。

「……助けてくれてありがとう、ルシウス」

そのまま三角座りをし、顔を伏せる。ルシウスが近づいてきた気配がしたが、私は動かなかった。

彼相手に警戒する必要なんてなかったし、今、側に居てくれるのは嬉しいと思ったからだ。

ルシウスが正面に立ったのを感じ、私は顔を上げた。目が合う。むすっとした彼が口を開いた。

「ほら、やっぱり僕の言った通りだったろ」

「……？　何が？」

なんの話かわからず首をひねる。ルシウスは苛立たしげに私を立たせた。

「あれだけ隙を見せるなと言ってもこれだ。君は本当に目を離したらすぐに誰かに口説かれる」

ものすごい言われようだ。流石に捨て置けなくて言い返す。

「ちょ……ルシウス！　いくらなんでもそれは言い過ぎじゃない？」

「そうか？　なら今のはなんだと言うんだ」

「え、と……それ、は」

ついさっきの事だし、確かにあれは口説かれていた。身の危険も感じた。

言い訳のしようもなく目を逸らした私に、ルシウスはあからさまなため息をつく。

「何度も言っているだろ。君は無防備過ぎるんだ。君を狙っている男は多い。頼むからもっと警戒してくれ」

「け、警戒なら、ちゃんとしているわ」

考えなしのように言われ、慌てて否定した。疑いの眼差しが私を貫く。

「嘘をつけ。さっきだってまた無自覚にたらし込んでいたくせに。アルベイダとか言ったか？　あいつ、これから君に認められたい一心で上がってくるんだろうな」

「え……」

アルベイダ、と言われ目を丸くした。

彼が？　どうして？

というか、それならさっき感じた疑念は勘違いではなかったという事だろうか。

戸惑っていると、ルシウスが自嘲するように笑う。

「とは言っても残念な事に、彼が育つ頃には君はもういない訳だが……アリシア」

突然、本名を呼ばれてどきっとした。

やめて欲しい。普段本名を呼ばれないせいか、学内で唯一『アリシア』と呼んでくれる彼の声に妙に反応してしまうのだ。

「や、だからこんなところで呼ばないでって……」

「そう言う君だってさっきから口調が戻っているぞ。……僕がきて気が抜けたのはわかるけど、もう少し気をつけた方が良い。いつもそう言っているだろう？」

「……ごめんなさい」

もっともな言葉に流石に謝った。ルシウスと二人だとどうしても気が緩んでいつもの自分が出てきてしまう。悪い癖だとわかっていたが止められなかった。

「全く、君は本当に……無自覚に人をたらし込む天才だな」

「え……んっ」

周囲をさっと確認したルシウスがそう言って、すばやく唇を重ねてきた。

いつ人がくるかわからないからか、数回触れあわせただけで離れてしまう。それを寂しいと思ってしまった。その想いが、口を突く。

「……もう……終わり？」

私の言葉にルシウスは目を瞬かせた。ほんの一瞬だけ、目が優しく細まる。そしてもう一度啄むような、宥めるかのような口づけをくれた。それがものすごく優しくて、涙が零れそうになる。

いつもの奪うような口づけではなく、甘い思いの籠ったキスに、身体中が歓喜に震える。彼も私の事を思ってくれているのではないかと期待してしまう。

――――そこで我に返った。

期待してどうするんだ。両想いになれたところで未来はないって、とうの昔に諦めたではないか。

彼は母が決めた婚約者候補ではないのだから。

「……人に見られたら困るんだろ。今はこれで終わりだ」

「……そうね。ごめんなさい」

素直に頷いた私に、ルシウスは困ったように文句を言った。

「全く何が警戒している、だ。こうやって簡単に唇を許すくせに」

「……」

その言葉に、俯いてしまった。

だって、そんなの当たり前だ。私は彼が好きなのだ。彼の事が好きで好きでたまらないのだ。

むしろいつだって、キスして欲しいと願っているのだから、そもそも前提条件が違う。

「卒業まで、君は僕のものだ。……それを忘れないように行動してくれ」

「ええ……わかっているわ」

辛そうに呟かれた言葉に胸が痛んだ。

そう、これは卒業までの期間限定。身体だけの……いや身体さえ中途半端な関係なのだ。

いっそ、好きだと言えたらいいのに――――。

そう思い、やっぱり駄目だと首を振った。

結局、彼との先を求める事を許されない私は、やはり今の関係に満足してしまうのだった。

間章　ルシウス1

アリシアと別れ一人になる。

誰も周りにいない事を確認し、どんと壁を叩いた。

「っ！　くそっ！　僕は何をやっているんだ！」

自己嫌悪以外ない。

いつだって彼女には優しくしたいと思っているのに、彼女があまりにも無防備過ぎてイライラする。そうして結局は冷たく当たってしまうのだ。

それが醜い嫉妬だという事には、とうに気がついていた。

「主《あるじ》。……あまりやり過ぎるといい加減嫌われるぞ」

「わかっている！」

足元の黒猫が低い声で宥めるように言う。

この黒猫は、僕の契約した召喚獣だ。学園には特別な許可をもらい同行させている。

名をフレイヤと言い、もうかれこれ十年以上の付き合いになっていた。

何度か息を吐き、気持ちを落ち着かせる。

フレイヤの言う事は正しい。

でも止まらない。

彼女を慕う男がいると思うだけで、どす黒い感情が胸に渦巻くのだ。

「助けてくれてありがとう……ね。なあ、あのお姫様、主が俺に命じていつも様子を窺っているって知ったら、なんて思うんだろうな」

「……アリシアは警戒心がなさ過ぎる。それくらいしなければ、とうの昔に誰かに食われていた」

「まあ、そりゃそうなんだろうけどな」

無意識にフェロモン振りまいているもんな、あのお姫様。というフレイヤの言葉には全面的に賛成したい。

一年の終わりくらいまでは全然そんな素振りは見せなかったのに、ある時を境に彼女は変わった。どこか悲壮感がにじみ出ていたオーラはなりを潜め、代わりに力の抜けた自然体の良い笑顔で笑うようになった。

めきめきと実力をつけ、あっという間に学年トップに上り詰めた。

誰にでも公平かつ思いやりのある態度は瞬く間に周囲を味方につけ、彼女を慕う者は後を絶たなくなった。それまで彼女を冷たくあしらっていた奴らも、日々変わって行く彼女に惹きつけられるようになるまで、そう長くはかからなかった。

僕だって人の事は言えない。

正直、初めの頃の彼女にはなんの魅力も感じなかった。

ある事情でわざわざ転入までして彼女を観察していたけれど、見切りをつけたのは早かった。調査は切り上げて、二年に上がると同時に自主退学しようと思っていたのに。

彼女が変わってしまった事で、僕もまた在学し続ける事になった。

――――いや、違う。単に僕が、彼女から目を離せなくなってしまっただけだ。

……おそらく、本来の彼女はこちらなのだろう。

肩の力を抜いた彼女の笑顔に見惚れてしまったのも一度や二度の事ではない。

遠くから観察しているだけのつもりだったのに、危なっかしい彼女が気になって、遂には自らの意思で近づいてしまった。

初めは警戒していた彼女も、世話を焼いているうちにどんどん懐いてくれるようになって、ついには可愛らしい、はにかむような笑顔を向けてくれるようになった。僕の方も、いつの間にかどんな彼女を見ても可愛いとしか思えなくなった。

初めから男装しているという事実を知っていたからかもしれない。僕には最初から彼女が女にしか見えなかった。

女だとばれないためにと、身長が高く見えるようにこっそりシークレットブーツを履いている事を知っている。少し無理をした男らしさを強調するような口調が、兄王子を真似たものである事も知っている。……たまにうっかり襤褸《ぼろ》が出そうになるのも。

彼女の事なら誰よりも一番僕がわかっているのだ。

そんな些細《ささい》な事に優越感を覚えている自分に気づいた時には、愚か過ぎて頭を抱えたくなった。

僕は何をしている？　僕がしなくてはいけない事はなんだ？

こんなに近くにくるべきではなかった。当初の予定通り遠くから観察して、気づかれないうちに学園を去れば良かったのに。なのに、僕が取った行動といえば全くの正反対だ。

帰国を要請されても無視をし続け、何かと理由をつけてはこの学園に留《とど》まり、必要以上に彼女に近づいている。

彼女が、可愛くて仕方ない。

側に寄ればいつだって甘い花のような香りがして、それにつられて思い切り抱きしめたくなってしまう。他の男が彼女に近づく事が許せない。

彼女は自分の魅力を全然わかっていない。どれだけ自分が男を惹きつけるのか、全くの無自覚なのだ。それに、いつだってはらはらさせられた。

いつか誰かに奪われてしまうのではないか、彼女に強くモーションを掛けるあの三人のうちの誰かに奪われてしまうのではないか、それだけは嫌だとフレイヤに彼女を見守るよう命令した時、ようやく気がついた。

――彼女の事が、好きで好きでたまらないという事に。

「主。俺は契約者である主を守るためにここにいる。それなのにあのお姫様を守れと言うのか？　そこまで主がする理由とはなんだ？」

そんなの簡単だ。

好きだからだ。どうしようもなく彼女を愛してしまっていたからだ。

答えは馬鹿みたいに単純な事だった。

にもかかわらず、フレイヤに問われるまで気づけなかった。

それでも一度自覚してしまえば、想いは加速する一方で。

焦れる日々が続いていた。

そんなある日の事だった。彼女がアルバから逃げてきたのは。

イラーリオ・アルバ。

一年の時、彼女がモーションを掛けていた男達の一人。

今ではその関係性は逆転している。

フレイヤからの連絡を受け、彼女が通りそうな道で待ち構えた僕は、いつも通り上手く彼女を助け出した。人のいない教室に二人で隠れた。

でも、常とは違い、僕はどうしようもなく苛立っていた。

フレイヤの報告で彼女が何をされかけたのか、知っていたからだ。

キス――――されかかったのだと、そうフレイヤは言っていた。

それなのに、男である自分に変わらぬ笑みを向けてくる彼女。信じられなかった。

今、怖い思いをしたばかりだろう?

なのに、どうして笑えるんだ。どうして僕に、そんな信頼に満ちた笑みを向けてくるんだ。

僕が欲しいのはそんなものじゃない！

僕だってあいつらと同じ男だ。同じように君が欲しいって思っているとどうしてわからない！

もう、限界だった。

――――気づけば、彼女の本名を呼び、唇を奪い、取引を持ちかけていた。

やり方を間違ったと我に返った時には遅かった。

きっと彼女に軽蔑される。

当たり前だ。だって僕はおよそ最低の手段を持ち出したのだから。

黙ってしまった彼女。腕の中に閉じ込めた彼女は柔らかく、想像以上に細かった。当たり前だが男ではありえない柔らかさと弾力にくらくらする。いつもの甘い香りは近づいた事でさらに密度を増し、僕の理性を溶かして行く。先ほど勢いで奪ってしまった唇だって、くせになる程甘かった。

何度でも、いつまでも口づけていたい。そう、思ってしまうくらいに。

でも、これで最後だ。

彼女が僕を振り払い、去って行ってしまえばそれでおしまい。だからこそ自分からは離したくない。その思いで抱きしめ続けたのに。

信じられない事に彼女から返ってきた答えは「イエス」だった。

「あのお姫様相手じゃ、主も苦労するよな。でも、最後までさせてもらえないんだろ？　かえって辛くないか？」

「うるさい。僕とアリシアの取り決めに口を挟むな」

睨みつけると、フレイヤは猫のくせに器用にも肩を竦《すく》めてみせた。

――――アリシアとの約束で、僕は彼女を最後まで抱いていない。

最初の取り決めの時、そう彼女と約束した。

彼女は卒業したら隣国の王子に嫁ぐのだと。そう決めているから破瓜だけは許して欲しいと言ってきたのだ。

それを聞いて、彼女がどうして急に自然体になったのかを理解した。

彼女は、自らの行く先をあの時既に決めてしまっていたのだ。

そしてもう決めた事だと強い瞳で告げる彼女に、苛立ちを感じていた。

義務だから嫁ぐのか。会った事もない、酷い噂しかない王子にそれでも義務なら嫁げるというのか。

フェルナン王子の事なんて、好きでもなんでもないくせに。

わかったと頷きながらも、心の中は意味不明の嫉妬で燃え滾《たぎ》っていた。

婚約者というだけで、自分には許されない彼女の処女を与えられる王子が妬ましいと感じた。

見知らぬ男ではなく、他でもない目の前にいる自分を見て欲しいと焦がれるように思った。

嫉妬のあまり、あんな男に君が無理矢理嫁ぐ必要なんてない。婚約なんて止めてしまえと何度も告げた。

それでも彼女は頑として首を縦に振らない。王子と結婚するの一点張りだ。

そうやって自分の意思を貫く彼女をとても好ましいとは思うけれど、たまに考えるのだ。

万が一、僕が彼女に好きだと告げて——卒業まででもいい。彼女は受け入れてくれるだろうか、と。

信頼は得ていると思う。

こんな事をしておいてなんだが、彼女の信頼は以前よりも増しているくらいだ。

僕との行為だって嫌がっているようには見えない。

僕に身を任せ、快楽にあえぐ彼女を見ていると、もしかしたら、僕の事を少しは好いてくれているんじゃないかと思う時だってある。さっきだってそうだ。

それでも彼女が王子と結婚すると言っている以上、彼女の性格からして僕を受け入れる可能性はゼロだと思う。

たとえ彼女が僕の事を好いてくれたとしても、未来がないとわかっている恋人関係など彼女は望まないだろう。

下手をすれば卒業までの間、ずっと距離を取られかねない。そんなのは嫌だ。

近くにいるのに、彼女に触れられないなんてもう僕には耐えられなかった。

結局彼女を離さないためには、今のままでいるしかないのだ。

取引で無理やり彼女を暴く、最低な男のままでいるしかない。

こんなにも彼女を愛しているというのに、今の自分には想いを告げる事さえ許されない。

「……俺は主も大概馬鹿だと思うけどな。お姫様が主にどうして身体を許すのか、一度ちゃんと考えてみたらどうだ？　そこから見えてくる可能性もあるだろう？」

「そんな事は考えなくてもわかっている。そう取引をしたからだ」

即答すれば、フレイヤは呆れた顔をした。

「そりゃお姫様も可哀想に……ま、拗《こじ》れて誰かに奪われる前になんとかしろよな」

その言葉にあの三人の顔が脳裏をよぎった。

瞬間的に感情が煮え滾る。ぎりっと歯を噛みしめ僕は言った。

「アリシアは僕のものだ。誰にも奪わせるものか」

「……それだけ惚れ込んでおいて、一言も好きだって言わないんだからなあ。色々な意味で、主はひねくれていると思うぞ。……解決する手段を持っているくせに」

フレイヤを睨む。

「僕は、約束は守る主義だ」

「契約獣として、主のそういう態度は嫌いじゃない。だが、たまには自分の感情に素直になる事も大事だと思う」

「うるさい、フレイヤ。……アリシアのところへ行け。彼女を……守ってやってくれ」

「主の望むままに。ほんっとなあ……二人とも、あからさまなくせに無駄に遠回りする道を選ぶんだからわからないもんだ」

「……なんの話だ？」

「いんや。これは俺が言うべき事じゃないからな」

ぼやくようにそう答え、フレイヤは僕の命じた事を実行するべく姿を消した。

第三章　シャワールームは危険がいっぱい

校内対抗魔法戦の開催日が近づくにつれ、学園内は熱気に満ちてきた。

どこか落ち着かない雰囲気が学園全体に漂っている。

今日は放課後から執行部役員全員で、闘技場のチェックの予定が入っていた。

物の配置に始まり、段取りや機材の設置場所の確認などやる事はいくらでもある。どれ程人手があっても足りないくらいだ。

魔法戦の舞台となるのは円形闘技場。

学園のすぐ隣に建てられた闘技場は観客席が戦いの舞台を取り囲む、楕円形の構造をしている。

かなりの人数を収容できるこの闘技場は学園の催事だけではなく、王宮主催の舞台などにも使われていた。

放課後になり、闘技場の入口前に赴く。

数日前から応援要請をかけていたので、かなりの人数が集まっていた。

こういう手伝いなどは参加しておくと、後々自らのプラス査定へ繋がりやすいのだ。

参加してくれたメンバーの名前を名簿で確認して行く。その中に予想外の名前を見つけた。

ルシウスだ。

昨日会った時は何も言っていなかったのに、こっそり参加表に名前を書いてくれていたらしい。

彼の几帳面《きちょうめん》な文字で書かれた『ルシウス・メンブラード』の名前を指でそっとなぞる。

見渡した感じ姿は見えないが、きっとどこかにいるのだろう。彼は真面目な人だから、間違ってもサボるという事はないと思う。

闘技場の中に入り、他の役員達と共に指示を出して行く。

その途中、ちらりとルシウスの姿が見えたような気がした。

どうせなら近くにきてくれたらいいのにと思いつつ、作業を割り振る事に集中した。

全員に作業指示を終え、自らも忙しく働く。しばらく無心になって働いていると、私の名を呼ぶ声が聞こえた。

「レジェスー、これどっちに置くんだー？」

特徴的なオレンジ色の長い髪の毛。トビアスだ。トビアス・クアドラード。

彼が大きな段ボール箱を抱えているのを見て、私は貴賓席の方を指さした。

「それは向こうだ。貴賓席の奥の部屋へ入れろ」

「りょうかーい」

頷いた彼はそのまま移動しようとして、そうだと言いながら立ち止まった。

「レジェス、あんたもきてくれよ。ついでに設置した記録用の水晶のチェックをして欲しいんだよな」

「水晶のチェックか……そうだな、一緒にやってしまうか」

魔法戦は全て水晶に記録される事に決まっている。その水晶が不備なく使えるかチェックするのも大事な仕事の一つだ。振り返って他のメンバーに告げる。

「皆、私は先に水晶のチェックを済ませてくる。何かあれば貴賓席の向こう側にある部屋の方にきてくれ」

全員が頷いたのを確認し、トビアスと共に移動することにした。

歩いていると、闘技場の中央では早くも作業が終わった生徒が数人、デモンストレーションのように簡単な魔法を打ち合ってはしゃいでいるのが見えた。遊びのような初級魔法だ。

闘技場全体に巨大な結界が張ってあるので、魔法が外に漏れる心配はないし、危険という程でもないので放っておく事にする。

遊んでいる者達は下級生のようだ。皆それぞれに整った顔立ちをしている。

さすがBL小説の世界とでも言おうか。この学園に在籍する生徒達は皆、揃いも揃って結構な美形ばかりなのだ。どちらを向いても眼福である。

……うーん、萌えるわ。

三次元では萌えられないかもと、実は当初心配していたのだが、全然そんな事はなかった。

『ただし美形に限る』は、この世界においても非常に大きな効力を発揮していた。

普通にアリだ。

そんな事を考えながら、笑い声を上げ、じゃれるように魔法を打ち合う男子生徒達を生温かい目で見る。

ああ、素晴らしい。腐女子心が満たされる。

脳内ではすっかりよからぬ妄想が繰り広げられていた。

『ちょ、やめろよー』

『そんな事言って、俺に構ってもらって嬉しいんだろ？』

『ば、ばか。何言ってんだ』等々……。

うんうん、良いぞ君達、私に引き続き萌えを提供するが良い。

そんなけしからん事を考えながら、内心にやにやしつつ彼らの側を歩いていると、そのうちの一人がわっと焦ったような声を出した。

「オラーノ様っ！　危ない！」

「え……？」

顔を上げた時には遅かった。

彼らの一人が放った水の魔法が方向を変え、こちらへきていたのだ。

避《よ》けようとしたが間に合わず、飛んできたいくつかの水球の一つが見事にぶつかってしまった。

「……っ！」

ばしゃんと、水風船が割れるような音がした。

遊びで発動させていた初級魔法だったので、痛くなかったのだけは救いだ。

だが、全身ぐっしょり。頭の天辺《てっぺん》から足の爪先まで水浸し状態になってしまった。

「うっわ……ひっでえ」

隣から情けないうめき声が聞こえ、自分一人ではなかった事を思い出す。

声の主を見て、私は自分の現状も忘れて笑ってしまった。

トビアスが、それこそ全身ぬれねずみ状態になっていたからだ。

私よりも酷い。

「ははっ。トビアス、なんだお前も避けられなかったのか」

なんだか楽しくなってそう指摘すれば、トビアスは長い髪の毛を手櫛《てぐし》で整えながら言った。水がぽたぽたとしたたり落ちる。

「笑うなよ、レジェス。仕方ねえだろ。荷物を守るのが精いっぱいだっつの。そういうあんただって、随分な格好だぜ?」

荷物を持っていたせいで咄嗟には躱《かわ》せなかったようだ。それでもなんとか荷は死守したと言う彼に、頷いてみせた。

「お前にしては良くやった。私は……そうだな。不覚だが、少しぼんやりしていて気づかなかった。妙な攻撃魔法でなかっただけよしとしよう」

「だなー。……あーぐっちょぐちょだ。気持ちわりー」

うえーと顔を歪めるトビアス。私達に水の魔法を当ててしまった下級生達が慌ててこちらへ駆け寄ってくる。

「す、すみません。オラーノ様、クアドラード様！　大変な事を！」

「申し訳ありません。ちょっと冗談で魔法戦の真似事をしていただけなんです。まさかこんな事になるとは思ってもみなくて」

必死に言い訳しながら頭を下げる下級生達の言葉を、手の動きだけで制止する。

「別に怒っている訳ではない。ただ、もう少し制御法を学んだ方が良いな。妙な曲がり方をしたように見えた」

思った事を伝えると、トビアスもそうそうと隣で同意した。

「ああ、そういやそんな感じだったなー。水の魔法自体もゆるゆるの水球だったし、もう少し精進した方がいいんじゃねえ？」

いつも不真面目なトビアスが的確なアドバイスをするのが妙におかしい。

「お前が言うな」

思わずツッコミをいれると、楽しそうに笑われてしまった。

「ははっ、言われちまった」

「あの……本当に怒っていないのですか？」

恐る恐る問い掛けられた疑問に首肯する。

魔法を当てられる直前まで妙な妄想に萌えていたのだ。

完全に自分が悪い。一瞬天罰かと思った。

「そう言っただろう。今は放課後だし、ここは魔法を禁止している場でもないからな。お前達が魔法を使っているのに気がついていながら、こんな場所を通った私達にも落ち度はある。罰するつもりはない」

「そうそう、ちょーっとあぶねえかなーとは思ってたしな」

気にすんなとトビアスも軽く笑った。

「すみません……」

それでも申し訳なさそうにしている下級生にそれならと提案する。

「悪いと思うのなら、もう少し作業を手伝ってくれると助かる。とりあえず私達は着替えなくては始まらない」

「あ、はい。そんな事でいいのでしたら」

「ああ、頼む」

返事を聞き、濡れた髪をかきあげる。

水滴が垂れて鬱陶しかったのだ。それだけの話だったのだが、トビアスがこくりと喉を鳴らし、正面にいた下級生の生徒達が顔を真っ赤にしてこちらを凝視してきた。

「……すっごい色気」

「さすがオラーノ様」

「……ん？」

小さな声だったので何を言ったのかまでは聞き取れなかった。

問い返そうとしたのだが、何故かトビアスに話を無理やり変えられてしまった。

「あー、じゃあレジェス、とりあえずシャワー浴びに行こうぜ。確かこの闘技場、どこかにシャワールームもあったよな？」

「あ、ああ。確かに選手用の控室の奥にあるが、別に着替えるだけでも……」

控室に予備の制服が置いてある事は知っている。

だからそれを取ってきて着替えるだけでも十分だと思ったのだが、何を言っているんだとトビアスは首を振った。

「風邪、引いたらどうすんだよ。卒業前の大事な時期なのにさ。湯を使った方が絶対良いって」

「まあ、そう、だな」

もっともな言葉にそれ以上反対する要素もなく頷く。そんな時間はないと思うのだが、確かに風邪を引いてはまずい。私が同意すると、トビアスは何故かほっとしたように笑い、すぐさま下級生達に指示を出し始めた。

「じゃ、悪いけどまずはこの荷物を貴賓席の奥の部屋まで運んでくれるか？　さすがにこれを持っては行けないからさ。んで、その後はレアンドロの指示に従ってくれ」

「あ、はい。クアドラード様。わかりました」

さくさくと一人で話を進めて行くトビアス。

普段は面倒がって何もしない彼の珍しい様子に驚いていると、彼はあっという間に荷物を渡し、下級生達を貴賓室の方へ向かわせてしまった。

いつもこれくらいしっかりしてくれればいいのに。そう思っているとトビアスがぼそりと小さな声で呟いた。

「……んなレジェスのカッコ、これ以上他の奴らに晒せるかっつーの。色気駄々漏れじゃねえか」

「おい、トビアス。お前、何を言って……」

「レジェスは黙っとけって。おーい！　イラーリオにレアンドロ！　ああ、テオも！　俺達ちょっと着替えてくるから後、指示は頼んだぜー」

トビアスが闘技場の端の方で作業をしていた他の役員達に手を振りながら大声で叫ぶ。一部始終を見ていたらしい彼らは、了承を示すジェスチャーを送ってきた。

「……っと連絡はこれで良い。……風邪引いちまう前にさっさと行こうぜ。どっちにある？」

場所がわからないと肩を竦めるトビアスに呆れながらも、場所を指さした。

「……あっちだ。知らなかったのか」

「だってそんなの知る必要なかっただろ、今までは。でも大丈夫。もう覚えた」

「そうか……。普段も今くらいしっかりしてくれると私も安心なのだがな」

「んー、それは難しいかも。俺、実はレジェスに叱られるの、結構好きなんだよなー」

「……」

瞬間、蔑んだ目を彼に向けた私は、絶対に間違っていないと思う。

トビアスは慌てたように両手を振った。

「ちょ！　さすがに冗談だってば！　んな目で見ないでくれよ。傷つくじゃねえか」

「お前に傷つくような神経があるとは思えない」

はっきり言ってやると、トビアスは嬉しそうに笑った。

「相変わらずひっでえなあ、レジェスは。でもそれがいいんだけどよ」

「……お前」

やはり、その気が……。無意識に、後ずさってしまった。

「いや、だから冗談だっつーの。レジェス、引き過ぎだろ……」

「……もういい。先に行く」

トビアスの言う事は、いちいち冗談か本気か判別がつかない。

真面目に受け取る方が、馬鹿を見るのだ。

「待てって！　待ってくれよ、レジェス！　悪かったって！」

「知らん」

ものすごく疲れる。

これ以上トビアスの軽口に付き合う気になれなくて、私は彼を置いて先に行く事に決めた。後ろで騒ぎ立てるトビアスの声が聞こえたが、それにはきっぱり無視をした。

◇◇◇

魔法戦だけではなく、色々な催しに使われる闘技場には様々な設備が整っている。

スポーツ系の競技大会を行う事もあるためか、選手用の控室の奥にはシャワールームが完備されていた。個人それぞれ好きな時に使えるようにと、一つ一つ鍵を掛けられる個室仕様になっている。

不測の事態が起こった時のために生徒が自由に使える予備の制服も何セットかまとめて置かれていて、着替えにはそれを使うつもりだった。

「俺はちょっとやる事があるから、レジェスは先に行っておいてくれ」

トビアスにそう言われ、着替えと一緒に置いてあったタオルを持った私は、控室の奥へと先に踏み込んだ。

シャワールームの中には十程の個室がずらりと並んでいる。記憶通りのそれにほっとしながら一番奥の個室の扉を開けた。

さすがに個室でなければ風邪を引こうが、熱を出そうがここにくる事はなかったと思う。でなければ女だと一発でばれてしまうではないか。

「ちょっと冷えてきたかも……」

ぶるりと身体が震えた。これはいけない。急がないと本当に風邪を引いてしまいそうだ。

個室に入り、とりあえずローブを脱ぐ。水分をぎっしり含んだローブは重かった。

それを壁に打ちつけられていたフックに掛け、その上の棚に着替えとタオルを置いた。扉に鍵がついているのを目で確認する。

単純な、サムターンを回すタイプのものだ。とりあえず閉めようと手を伸ばしてみたのだが。

――――がちゃ。

「へ」

サムターンに手が届く前に、何故か扉が無慈悲にも開けられた。

「……」

私が伸ばしたままの手は固まり、扉を開けた人物の顔をただ呆然と見上げた。

「……え？」

ドアを開けたのは……ルシウスだった。

さっきまで姿を見せなかったルシウス。その彼が何故か焦ったような表情で、こちらを見つめていた。

どうして彼がここにいて、私がいるシャワールームの個室のドアを開けているのか、混乱し過ぎて頭が考える事を拒否する。それでもなんとか言葉を紡いだ。

「え……と、ルシウス……な、なんでここに？」

「……無事か」

ほっと息を吐くルシウス。それから彼は背後を気にしたように私を個室の奥へと押し込めた。

「え、ちょ、急に何？」

「いいから、奥へつめろ」

そしてサムターンを回し、さっさと鍵を掛けてしまう。

狭い個室に二人きりという状況に、心臓がばくばくと音を立てた。

ルシウスは私が脱いだローブをフックから外し、また頭から私にかぶせる。冷たく重くなったローブを掛けられ、私は慌てて抗議した。

「つめたっ！　ルシウス、何をっ⁉」

「うるさい、いいから君は黙っておけ。くるぞ」

「え、何……が……ってうわっ」

シャワーの栓を捻《ひね》られ、温められたお湯が勢いよくノズルから吹き出す。頭からそれをかぶり、私は呻いた。そんな私をルシウスはまるで隠すように抱きしめる。

「え、え、え？」

「いいから！　黙ってろって言っただろ」

「ちょっと、説明……」

「ああ、もう、うるさいっ」

「んっ！」

まるで言葉を奪うかのように、唇を塞がれた。

突然の事に慌てふためく私をあやすように、抱きしめた手が背中を優しく撫でて行く。

少し唇が離れ、息をしようと口を開く。その瞬間待ち構えていた彼の舌が口内にもぐり込んできた。

「んっ……ふぁっ」

シャワーが湯を叩きつける音がうるさい。でも、それよりも自分の心臓の音の方がうるさかった。どくんどくんと強く脈打っている。

温かい滴りが私とルシウスをしとどに濡らして行く。

きつく私を抱きしめたまま、ルシウスはしつこく口内を蹂躙《じゅうりん》し始めた。それに、翻弄される。考えのまとまらない頭で、それでも彼に応えるよう舌を差し出す。

気づいた彼が、舌先を擦った。上を向いた拍子にローブが少しずり落ちる。

「ふ……んっ……」

とろんとした気持ちになってうっとりとルシウスを見つめる。

彼とのキスは好きだ。乱暴なのも、優しいのも、全部。触れあっていると幸せな気持ちになれるから。すっかり力が抜けた私に、ルシウスが早口で言う。

「やっと落ち着いたか。……くそっ、あいつがきたぞ。いいな、僕が対応するから君はこのまま僕にしがみついていろ。絶対にしゃべるな」

「え……は、はい」

ルシウスが何を言っているのか理解できないままに頷く。

いつの間にかルシウスにしがみついていたのを指摘され、それを恥ずかしく思うも彼は真剣な顔をしていた。

今茶化してはいけないような気がする。そう思った私は状況がわからないながらも指示通り、彼の胸元に顔を埋《うず》めた。落ちかけていたローブをルシウスが引き上げる。

そうやって私を隠すルシウスをこっそり窺うと、彼は鋭い目でドアの方を睨みつけていた。

やがてがちゃりとどこかの扉が開き、控室の方から誰かが入ってきた音がした。

……多分トビアスだろう。

先に入っていてくれとの言葉通り、後からやってきたのだという事はすぐにわかった。

彼なら大丈夫だ。そう思ったのに、ルシウスは私を抱きしめる力をさらに強める。

「レジェス！　おーい、どこにいる？」

いつものトビアスの声。いや、違う？　少し緊張したような声だ。

どうしたのかと思いつつ聞き耳を立てていると、トビアスは私がいる奥の個室に気がついたようだった。

「お、そっちにいんのか。……なあ、俺も一緒に入っていい？」

……は？

後半部の台詞《せりふ》がまるで強請るような響きを帯びていた。

掛けられた言葉の意味がわからなくて、ルシウスの胸の中でびしっと固まる。

ルシウスは、はーっとため息をつくと、私を抱きしめ直し、声を上げた。

「……残念だったな、クアドラード。レジェスはもうここにいないぞ」

「は？　ってその声、メンブラードかよ。てかさ、なんであんたがいる訳？　つーか、レジェスは？」

返ってきたのがルシウスの声だった事に驚いたらしいトビアスは、それでも私の居場所を尋ねてきた。

というか、どういう事？　トビアスは何を言っていた？　一緒にシャワーに入る？

それは裸でって事？　でもそんな事をして一体彼は何を考えて――――！

「……ぁ」

黙っていろと言われていたにもかかわらず、小さく声が漏れた。

一つ、思いあたる節があった。

キミセカの小説内で、彼が――――トビアスがどういう風に主人公であるテオに迫っていたのか、はっきりと思い出したのだ。

――――とある事件に巻き込まれ、衣服が濡れてしまった二人。

シャワールームへと自然な態度でテオを誘うトビアス。

勿論トビアスには下心があり彼を誘った訳だが、鈍いテオは気づかない。素直について行き、そしてシャワールームで事に及ぶ話になるのだ。

シャワーを浴びている個室へ入り込んでくるトビアス。

それに驚きを隠せないテオ。そういう始まりだった。

『先輩っ。どうして入ってくるんですか……これ、個人用で……』

『テオ。シャワーを浴びにきた訳じゃないって……わかるだろ?』

肌を撫でられて、ぴくりと反応するテオ。それに口の端を吊《つ》り上げるトビアス。

『あ、僕、そんなつもりじゃ……』

『そんなつもりって? でもちょっと考えりゃあわかるだろ? こうやって無防備についてきたって事はテオ、あんたもちょっとは期待してくれたんだよな?』

『そんな! 違いますっ。あっ……そんなとこ触らないで下さい』

壁にテオを押しつけ、トビアスは獲物を捕まえた肉食獣のように笑う。

『今からもーっとやらしい事すんのに? 素直に俺に身を任せろよ。気持良くしてやるから、さ。すぐに俺じゃないとダメだって思わせてやるよ』

『あ……先輩っ！』

『ほら、素直になれって……』

……以下省略。

小説を読んだ時は思ったものだ。

いやいや、テオ少年。こんなテンプレ的な罠《わな》に引っかかる方が悪いでしょう……と。

着替えるだけでいいのにわざわざシャワールームへ連れ込もうだなんて、下心がない筈がないではないか。

いやー、トビアス、あんたいい仕事してくれたね！　グッジョブ！

「……」

小説内の一連の流れ全てを思い出し、私はようやく自分がそのちょろい罠にかかっていた事を理解した。

濡れたからシャワーを浴びようというのは、完全に彼の策略だったのだ。

今こうやってルシウスが助けてくれなければ、個室に押し入ってきた彼に女だとばれるどころか、下手をすれば処女を奪われていたかもしれない。

小説を読んでいた時には、なんて簡単に引っかかるのかと笑っていたのに、現実になると全く気づけない。自分がとても情けなかった。

多分少しでも私の気配を消すためだったのだろう。ノズルから出しっぱなしのお湯の音が、落ち込み混乱する私の心をほんの少しだけ紛らわせて行く。

トビアスの思惑をようやく理解し、震えだした私を宥めるようにルシウスが優しく頭を撫でた。まるで大丈夫だとでも言うように。

それだけで身体のこわばりが解けて行く気がするから不思議なものだ。

「僕の持ち場は元々ここだった。選手控室の点検だ。レジェスは服だけ着替えて出て行ったよ。……思惑が外れたな」

私を抱きしめながら、ルシウスが平然と告げる。

「……マジかよ。出て行った音なんかしなかったと思うんだけどな。で？　なんであんたはそんなところでシャワー使ってる訳？」

トビアスの不躾《ぶしつけ》な質問にも、ルシウスは揺るがない。

「随分埃《ほこり》をかぶったからな。なんだ、君は男の僕の裸が気になるとでもいうのか？　君はレジェス狙いだとばかり思っていたけれど、案外男なら誰でもいい好きものだったんだな」

淡々と述べるルシウスに、トビアスが面白くなさそうに反応する。

「感じわりぃー……。男のハダカなんて興味ある訳ないだろ。俺が見たいのはレジェスだけだっつーの」

「ならさっさと行け。こんなところでのんびりしているのがばれたら、それこそサボっていると思われるぞ」

「わーってるよ。あーあ、せっかくチャンスだと思ったのになあ……」

残念そうな声と共に、足音が遠ざかって行った。控室への扉が閉められた音が聞こえる。それを確認し、ルシウスはようやく私を離した。

安堵のあまり力が抜け、その場にへたり込んでしまう。呆然としたまま、ルシウスを見上げると、彼は苦々しげな顔をして私を見下ろしていた。

「……僕が君を無防備だと言った意味、これで少しはわかったか？」

「……」

黙って頷いた。

頷くしかなかった。

彼の見せ場のシャワーシーンは何度も読んでいたのに……相手がテオだったからか、自分が同じ目にあうとは思いもしなかったのだ。

「あのままなら、下手をすれば君はあの男に食われていた。忘れているかもしれないが、ここは男子校なんだ。君を狙っているのはカルデロンだけじゃない。だから何度も気をつけろと言ったのに」

「ごめん、なさい」

返す言葉もない。息を吐いたルシウスが、目を逸らしながら言った。

「……頼むから、気をつけてくれ」

「ありがとう」

気を取り直し立ち上がる。

流石に今回は反省した。次回からはこんな事態に陥らないよう、彼らが小説でどのようにテオに迫っていたのかきちんと思い出しておこう。

私が知っているのはほんの一部でしかないが、それでも色々なシチュエーションがあった筈。復習しておけば、少しくらいは回避できるかもしれない。

よし、と自分を鼓舞する。こんなところで立ち止まってはいられない。

卒業までもう少し。頑張るんだ。

「アリシア」

自分に言い聞かせているとルシウスが私を呼んだ。

「……何かしら?」

顔を上げ、ルシウスと目を合わせる。彼は眉を顰《ひそ》めながらもはっきり言った。

「こんな目にあって、君は怖いとは思わないのか。もう……この学園から去りたいとは考えないのか」

「私は卒業までここにいるつもりよ」

彼から目を逸らさず、自らの意思をきっぱりと伝えた。

この学園にはルシウスがいる。それだけで私にとっては十分過ぎる理由になる。

これはもうすぐ嫁いで行く、私の最後のわがまま。納得するまで頑張りたい。

「次も助けてやれるとは限らないんだぞ、わかっているのか」

低い声で脅すように言うルシウス。

私は硬い顔で頷いた。今までに何度も助けてくれた彼にはそれを言う権利があった。

「勿論、わかっているわ。次からはきちんと気をつけるし、回避できるものは回避する。二の轍《てつ》は踏まない」

「クアドラードだけじゃない。アルバや、カルデロンだってまだ君を狙っている。一人で対処できる訳がないだろう」

「それでも、やるわ」

静かに決意を伝える。ルシウスは信じられないと目を見張った。

その目が動揺に揺れている。

「どうして君はそこまでして……頼むからもっと自分を大事にしろ。……もう城に帰った方が良い。何かあって、後悔してからじゃ遅いんだ」

明らかに私のためを思った言葉に胸が温かくなる。

ルシウスは本当に私を心配してくれている。それがわかっただけでも嬉しかった。

それでも、彼の言葉には頷く事はできないけれど。

「ありがとう。でも帰れないの」

引けない理由がある。私はなんとしてもルシウスの側にいたい。

少しでも長く彼の近くにいたいのだ。

「私なら大丈夫よ。それにもし助けてくれなくても恨んだりはしないから。きちんと自分の事は自分で責任を取るわ。……勿論、ばれないように今まで以上の注意は払うけど」

「そういう意味じゃない。わかっているだろう？　どうして見ない振りをするんだ！　いい加減にしろ！」

「っ！」

違うと激しく首を振った彼は、突然私の腕をぐっと引いた。

そのまま強く口づけられる。こじ開けるように唇が割られ、すぐに舌が入ってきた。乱暴に口内をまさぐる。それに翻弄されながらも私はルシウスの胸を押した。その拍子にローブが床にずり落ちる。

「んっ！　んんっ！」

離してくれという意思表示だったのだが、ルシウスは止まらなかった。

タイル張りの壁に私を押しつけながら、服の下へと手を差し込んでくる。

「んんんっ！　や、駄目だってば……」

いつもよりも乱暴な動きが怖くて、首を横に振った。

「うるさい、君は僕のものだと言ったよな？」

「それ、は……」

唇が離れたタイミングを狙い抗議するも、ぎろりと睨みつけられる。

そう言われてしまえば私に返す言葉はない。彼の取引に是と答えたのは他でもない私だからだ。

言い返しようもなく、黙り込んでしまった私を無視して、ルシウスはお湯で張りつく上衣をはだけさせ、慣れた手つきでさらしを外す。

水分を吸って重くなったさらしが床へ落とされる。止まらないシャワーの水音が個室内に響いている。

「ふぁっ」

なんの遠慮もなく、いきなり胸の先に触れられた。

びくりと震えると、ルシウスが笑いを含んだ声で言う。

「なんだ、もう硬くなっているじゃないか……期待していたのか？」

「ち、ちが……」

硬くなった蕾《つぼみ》をきゅっと摘まれ、声が漏れてしまう。

「ああっ……」

それを塞ぐように唇がまた落ちてくる。

ぐちゅぐちゅと音がするようないやらしいキスをされれば次第に身体の力が抜けてしまう。だって気持ちいい。好きな人に触れられて嬉しいのだ。

上顎を擦られるのが例えようもなく気持ち良くてぞくぞくしてしまう。

「んっ……はぁ……」

「君は本当にいやらしい声を出すな……すごく……煽られる」

嘲るようにそう言い、ルシウスは少し屈むと弄っていない方の胸の先を口に含んだ。

「んぁっ！」

きつく吸われ、嬌声《きょうせい》が上がった。

お腹の奥の方に熱が溜まり始める。吸われるたびに、その熱が身体の中に降り積もって行くような気さえした。

もじもじと膝を擦り合わせる。ついには耐え切れなくなって私はルシウスの背を強く抱きしめた。

「ルシ……ウスっ」

「気持ち良いのか？」

その言葉にただ無言で頷いた。ルシウスは声を立てず笑うと、反対側の胸を押しつぶすように揉《も》みしだいた。

「ふ……うんっ……あっ」

やわやわと揉まれるのも気持ちいいが、強くされるのもたまらない。

陶然としながら彼の愛撫《あいぶ》を受けていると、ぽそりとルシウスが呟いた。

「……あいつらは皆、君にこういう事をしようとしているんだ……」

涙目で私は頷いた。

勿論わかっている。彼らが皆私にそういう劣情を抱いている事はちゃんと理解した。

それなのにルシウスは責めるように言う。

「君だって理解したから震えていたんだろう？　怖かったんだろう？　なのにどうして君は僕にそれを許すんだ。どうして逃げない？　僕が怖くないのか？」

ルシウスが泣きそうだ、と思った。いや、シャワーで濡れているからわからないだけで、本当は泣いているのかもしれない。

私は彼をぎゅっと抱きしめたまま、落ち着かせるように言った。

「……ルシウスは怖くない。だってルシウスは彼らとは違うもの」

怖い訳がない。ルシウスは本当の意味で私が嫌がる事は決してしない。

今の行為だってそうだ。

多分私が本気で嫌がれば、彼は止めてくれるのだろうとなんとなく理解している。だからこそ抵抗しようという気にならないのだが。

わかってもらえたのか不安になり、もう一度言った。

「怖くなんてない。私、ルシウスになら何をされても平気よ……」

嘘はどこにもなかった。

私はルシウスになら何をされても許せる。――――そう、たとえ破瓜されても。

それは純然たる事実だった。

私の言葉にルシウスは一瞬動きを止める。その顔がみるみるこわばって行く。

突然、噛みつくように口づけられた。すぐに唇は離れ、至近距離でルシウスが叫ぶ。

「君はどうしてっ！　……君がそんな事を言うから僕は！」

「ルシウス……？」

「もう、黙れ。頼むから黙ってくれ」

「いたっ！」

ぎゅうっと胸を強く握られた。

「……何をされても平気なんだろ」

低い声で吐き捨てるように言う。

私を壁に押さえつけたまま、彼は私のズボンを脱がせ始めた。

お湯で張りついた下着も一緒に脱がされる。恥ずかしさに震えつつも抵抗できないでいると、彼は下腹部に手を差し入れてきた。

くちゅりという音がする。お湯ではなく、明らかに違う、濡れているのが丸わかりな音に、顔が赤く染まった。

ルシウスが口の端を上げる。

「こんなに濡らして……僕に触れられて感じていたのか」

「あっ……！」

割れ目をくちゅくちゅと弄り、彼はゆっくりと指を体内に沈めていった。

その動きをダイレクトに感じ、私は身体を震わせる事しかできない。

「ふっ……あ……」

ルシウスに触れられていると思うだけでおかしくなりそうだった。

甘い声で啼く私に、ルシウスがふっと笑った。

「ああ、中もどろどろじゃないか。まだ処女だというのに、君はいやらしい女だな」

「はっ……ちが……」

そんな事を言われてしまえば、さらに身体が反応してしまう。

ルシウスの言葉攻めに慣れてしまった私の身体は、彼の言葉に簡単に応え歓《よろこ》んで蜜を滴らせて行く。

ルシウスの指が私の弱い場所に触れる。それだけで私の身体は面白いように跳ねた。

「ひあああっ」

「ほら、ここ感じるんだろ？　もっと触ってやる。こんな恥ずかしい場所を恋人でもない男に弄られて善がって啼けるんだから君は淫乱の素質があるよ。……きっと王子も喜ぶんじゃないか？　あの変態にはそれくらいが丁度いいだろう」

「やめて、今……王子の、話はしない……で」

ルシウスに触れられている時に、フェルナン王子の話は聞きたくなかった。

懇願するとルシウスはそれ以上その話題には触れず、指を二本に増やしてきた。

「んんっ……くるし……」

「すぐに慣れる」

「んっ」

狭い蜜道がルシウスの手によって広げられて行く。

私の弱い場所を集中的に狙って行く。覚えのある感覚が私を襲う。

「あ……あ……あ」

ぶるり、と身体が痙攣《けいれん》しそうになったところで、ルシウスは指を引きぬいた。

もう少しで絶頂に達しそうだった身体は不満を訴え、燻《くすぶ》った熱は身体の奥にたまりうねっている。

思わず強請るようにルシウスを見つめてしまった。

「ど、して……やめる、の」

「イきたかったのにって？　君がこっちの方が好きなのを思い出したからさ」

「え……ふぁっ？」

ぐいっと片足を持ち上げられる。

膝をついた彼は、私の蜜口をじっと見つめてきた。

「いやらしい眺め。刺激が欲しくてびくびくしてる。赤くなって蜜をたくさん零している」

「や……見ないでっ。恥ずかしっ」

「君は嘘つきだな。見ているだけで、次から次へと蜜が溢《あふ》れてくる。これは湯じゃない。見られて感じているんだろう？」

くっと喉の奥で笑ったルシウスがゆっくりと顔を近づけ、蜜口にそっと舌を這《は》わせてきた。

「あああっ！　あっ！」

ざらりとした舌の感触がダイレクトに伝わる。

べろりと蜜口を舐めたルシウスは、今度は私の蜜道にも舌を這わせ始めた。

「はっ……あああ」

奥に入れられた舌が生き物のようにうごめき、なんとも言えない快感を引き出して行く。

「んんんっ」

片足を上げさせたまま、ルシウスは丹念に蜜を舐めとる。

鼻先が上にある花芯に当たり、さらなる快感に繋がった。あまりにも激しい刺激に、私は耐え切れず咽《むせ》び泣いた。

「ひぃっ……ひあああんっ……も、だめ……キツイの」

「こんなにいやらしく膨らませておいて良く言う。ほら、君の大好きな場所だ」

今度は膨れ上がった花芯を尖《とが》らせた舌先でちろちろと愛撫された。

そのたびに痺れるような感覚が身体を突き抜けて行く。私は身体をのけぞらせながら喘《あえ》いだ。

「あああっ！　ああああああ。やあ！　気持ちい、駄目、気持ち良いのっ」

激しい波が押し寄せて、舐められるたびに私の限界が近づいて行く。

「はああっ、あっ……あああっ！」

私の上げる声と、床を叩きつける水音が混じりあう。

「もうイきそうなのか？　それならイくって言え、アリシア。僕が君をイかせてやるから」

「ひぁっ、あっ。あっも、イく。イかせて、ルシウスっ！」

卑猥《ひわい》な言葉を要求されているとわかっていても拒否できなかった。

早くイかせて欲しくて、私はルシウスにその先を強請った。

ルシウスは薄く笑い、花芯を軽く齧《かじ》る。あっという間に私は限界に達した。

「ふっ！　ああっ！」

頭の中がスパークする。はあはあと荒い息が零れた。

ルシウスは私の足を下ろし、自分もズボンを脱ぐ。彼のたくましい屹立《きつりつ》が姿を現し、私は息を呑《の》んでそれを見つめた。

……実は、彼のモノを見るのは初めてだった。

彼とこういう関係になってかなり経《た》つが、今まで一度も彼が服を脱いだりする事はなかった。

それらしい脅しや言葉はかけられても、彼が自分自身を取り出した事はただの一度もなかったのだ。そして私は、実は前世でも処女のまま死んでしまっていたので、男性のモノ自体見るのが初めてだった。

前世今世合わせても初めて見る男の肉棒に目が釘《くぎ》づけになる。

……大きい。

強く立ち上がったものは赤黒く、血管が浮き出ていて、想像していた以上にグロテスクな形をしていた。お湯に濡れているからなのか、先端がてらてらと光っているようにみえる。それでも、それがルシウスのものだと思うと、不思議と怖いとは感じなかった。

今から何をされるのだろう。もしかしたら……。

不安かそれとも期待からなのかわからない緊張感に私はごくりと喉を鳴らした。

そして気づく。これではまるで……彼を欲しがっているみたいではないか、と。

だって困った事に、私は全然嫌がっていない。

どうするのだろうとドキドキしていると、ルシウスは私の身体をくるりと後ろに向けた。

「え……ルシウス？」

何をされるのかわからず不安になる私に、ルシウスは無言で己の熱杭《ねつくい》を後ろから私の股の間に差し込んだ。

「ひっ⁉」

股の間の生ぬるい感覚に驚く。

「破瓜はしたくないんだろ」

「え……え……ひゃっ」

わからないままにルシウスが動き出した。

ぐっぐっと腰をリズミカルに押し込んでくる。

「ひあっ……ルシウスっ」

ちゅぷちゅぷといやらしい音が、出しっぱなしのシャワーの音に混じり、さらにいやらしく響く。

シャワールームに淫靡に響くその音に、呼吸が乱されて行く。

「はっ……は」

初めて身体で触れたルシウスの熱は、硬いのにどこかしっとりとしていて不思議な感触だった。

ただ、最初はぬるかったそれが、どんどん熱くなって行く。

愛液で濡れた蜜口に時折ルシウスのものが当たる。その瞬間が一番気持ち良い。

これが挿入しない代わりの行為だという事は理解したが、何分初めての事で自分がどうすればいいのかわからない。

「アリシア……もっと足を閉じて」

ルシウスに指示され、躊躇《ためら》いながらもぐっと足に力を込めた。

そうすると強く彼のものを締めつける事になる。彼から漏れる声で気持ち良いのだとわかり、嬉しくなった私はさらにきゅっと太ももを締めた。

「ふ……」

「んあっ……」

妙な気分になってくる。

これはあくまで疑似挿入に過ぎないのにルシウスが気持ち良さそうな声を出してくれているせいか、こちらまで挿入されているような気になってきた。

「ん……アリシア……だす、ぞ」

「あ……ん」

熱の籠った声に同意すれば、さらに腰を押しつけられる。

スピードを早めた彼はそのまま無言で腰を振り、やがて呻き声を上げて達した。

彼の放った劣情が勢いよく私の太ももを白く汚して行く。床にも飛び散ったそれを、お湯が綺麗《きれい》に洗い流して行った。

私は、ほうっと息を吐きだし、彼の方を振り向いた。

「ルシウス？」

彼は顔を片手で覆い、どこか呆然とした表情で首を振っていた。

「……僕は……何を」

達した事で我に返ったのかもしれない。さっきまでのルシウスはいつもと違うようにみえた。

初めて彼自身を使った事もそうだし、どこか追い詰められているようにも思えた。

「ルシウス、どうしたの……？」

「……」

ルシウスの名を再度呼ぶも、やはり彼は返事をしなかった。

ただ何も言わず、出しっぱなしだったシャワーのノズルをこちらへ向け、黙々と私を清めてくれた。

無言でタオルをこちらに投げ、制服を着るようにと手渡してくれた。今は話しかけるなと、彼の表情と態度が告げていた。

「……ありがとう」

それでも一応礼を言い、渡されたタオルで身体を拭いて制服を着込んだ。さらしはないが、ローブが分厚いのでなんとか誤魔化せるだろう。下着は男物で我慢した。なんとか一通り着替えを済ませる。乾いた制服の感触にほっと安堵の息を吐いた。

シャワールームを出ると、先に出て、こちらも着替えを済ませていたルシウスがぼんやりと、選手控室に設置されたベンチに腰掛けていた。

未だショックを受けている様子の彼に、黙っていた方がいいのかもと思ったが、どうにも我慢ができずもう一度声を掛けた。

「ルシウス……？　ねえ、さっきの……」

さっきの事なら気にしていないから――――。そう言おうとした。

初めての事でもあり驚きもしたが、そういう疑似挿入行為がある事は知識として知っていたし、何より私は嫌ではなかった。

確かに彼のモノには驚愕《きょうがく》したが、好きな人の生殖器だ。嫌悪感は微塵《みじん》も湧かなかった。

だから気にしなくていいと言いたかったのだが、それよりも先に彼が口を開いた。

「……これでわかっただろ。何をされてもいいなんて馬鹿な事は二度と言うな。痛い目をみるだけだ」

「え、でも私別に嫌じゃ……」

その先を彼は言わせてくれなかった。

「不用意に男に近づくな。君は……感じやすいから触れられれば終わりだ」

「ちょっと！　それはあんまりよ！」

誰でも一緒だと暗に言われれば流石に腹が立つ。

ルシウスが好きだから触れられて感じるのだ。

男には理解できないのかもしれないが、女は好きな男に触れられないと気持ちよくなんてなれない。それは女である私にとって、純然たる事実だ。

愕然としている私を無視して、ルシウスは言う。

「事実だろう。実際君は、僕に触れられて何度も達しているじゃないか」

「そ、それはルシウスだから……」

そうとしか言いようがなかったのだが、ルシウスは否定するように首を振った。

「僕だって彼らと変わらない。触れられれば、きっと君は同じ反応を返すさ。だからこそ気をつけろ。……男はその気になれば、止まらない。特に君は無意識に男を誘う。止めてもらえるなんて無駄な期待は一切するな」

「同じ反応なんてしない！　トビアス達に触れられたいとは思わないわ！」

そんな事、想像だけでも身の毛がよだつ。

彼が特別なのだとわかって欲しくて叫んだが、彼もまた叫び返してきた。

「なら！　頼むから僕にも少しは警戒しろ！　これは取引なのに、君が甘い声を上げるたび、僕は何もかもがわからなくなるんだ！」

「そんなの簡単じゃない！　あなたこそどうしてわからないのよ！　私は……！」

「私は……なんだ？」

激情のまま好きだと告げそうになり、慌てて口を噤《つぐ》んだ。

その態度に何を見たのかルシウスは目を逸らす。大きなため息をつき、低い声で告げた。

「城へ戻れ。そして予定通り王子と結婚しろ。……君が王子を好きになる事はないと思うが、それでもきっと王子は君を大切にしてくれるだろう」

「な……！」

ずっと王子との婚姻を止めろと言い続けてきた彼の真逆の言葉に、胸がつんと痛んだ。

突き放されたような気持ちになって、それ以上言葉にならない。

そして情けない話だが、そこで初めて本音の部分ではルシウスに結婚を止めろと言われて喜んでいたのだという事に気がついた。

固まる私には見向きもせず、ベンチから立ち上がった彼は、先に外へ繋がる扉に手を掛けた。

慌てて叫ぶ。

「ルシウス！」

引き留めるように声を上げても、彼は立ち止まってはくれない。

私に背を向けたまま、彼は言った。

「帰れ……そして僕の事はもう……忘れてしまえ」

扉が閉められ、一人部屋の中に残される。

「ルシウス……」

気づけば涙が溢れていた。

忘れてしまえ？　私が？　ルシウスの事を？

無理だ。そんな事、できる筈がない。

簡単に忘れられるくらいなら、最初から好きになどなってはいない。

結婚相手が決まってから好きになった人なのだ。

これでも何度も葛藤を繰り返した。その上で好きなのだ。

今更忘れろなんて言われたって到底承知できるものではなかった。

でも――――。

唇を噛みしめる。さっきの彼の態度。

もしかしたら私は、ルシウスに嫌われてしまったのかもしれない。そうでなければ彼が王子と結婚しろなんて言う訳がない。

それが本当なら、今すぐ寮の自分の部屋に戻り、一日中泣いていたいくらいだ。
だが、私にそんな時間は残されていない。立ち止まる余裕なんてない。
リミットはどんどん近づいてきているのだ。
泣いていたって、時間は、待ってはくれない。
「……情けない。しっかりしなさい、アリシア」
もう一度自分に言い聞かせる。
いくらルシウスに言われようと、卒業まで絶対に帰らない。
だってそれが私の選んだ道だから。
好きな人との結婚が自由にならない私が、唯一選ぶ事のできた道なのだ。
だから譲れない。譲りたくない。
それがたとえルシウス本人でも、私の意思は曲げさせない。
やれるだけの事はやる。
後悔だけはしたくないと自らを鼓舞し、涙をぬぐって顔を上げた。

間章　ルシウス２

ぐちゃぐちゃの気分のまま寮にある自分の部屋へと戻ってきた。

昼間の出来事が頭の中でぐるぐると回り続ける。

相変わらず無警戒な彼女。

フレイヤから連絡を受けた時は、卒倒するかと思った。

あの、クアドラードと二人きりでシャワールームに行った？

それがどんなに危険な事か彼女は全然わかっていないのだ。

他の執行部のメンバー達と同じように、クアドラードもまた彼女を狙っていた一人だ。

皆、熱心に彼女の心を得ようとしていたが、その中で誰よりも熱く情欲に燃える目で彼女を見ていたのが彼だ。

そんな男と二人きり。

場所は殆ど人がこないシャワールーム。

犯されても文句は言えないと思う。

僕自身には勿論振り分けられた仕事があったが、全てを放って彼女達を追いかけた。

フレイヤの先導で選手控室へ飛び込む。二人の姿は見えない。

幸いな事に悲鳴のような声は聞こえなかった。それでも彼女の無事を確認しなければ気が済まなくてシャワールームの方へと急いで向かった。

控室の奥にちらりとクアドラードの後ろ姿が見え、まだ何も起こっていないのだと確信する事ができたが、当然安心はできなかった。

多分、控室からシャワールームへ続く扉の鍵を探しているのだとぴんときたからだ。

アリシアとのお楽しみを誰にも邪魔をされないようにという仄暗《ほのぐら》い欲望が見え隠れし、それが酷く気持ち悪いものにうつった。僕だって、そう変わらないだろうに。

予想通り扉にはまだ鍵がかかっていなかったので、そっと忍び込む。

人の気配がない個室が並んだシャワールームに入った。一番奥からごそごそと物音が聞こえ、彼女がそこにいる事がわかる。

己の危機に全く気づかず、のんきにシャワーを浴びようとしているのだと思えば怒りがふつふつと湧いてくる。

僕がいつもどんな思いで助けに入っているのかなんてきっと考えもしないのだろう。

それでも彼女を助けないという選択肢は僕にはない。

彼女を他の誰にも奪われたくないのだから、僕が守るしかないのだ。

……あの、どこまでも無防備な彼女を。

いらいらしながら、少々乱暴な動作で扉を開ける。

思った通り鍵も掛けていなくて、泣きたくなった。

僕に向かって手を伸ばしている彼女と目が合う。

その仕草で、一応鍵を掛けるつもりだった事がわかった。

そして呆《ほう》けた表情から彼女がまだなんの暴力も受けていない事もわかり、心底ほっとした。

間に合ったと思ったのだ。

そこまではいつも通りだった。いつも通りだったのに。

なんとかクアドラードを追い払う事に成功し、抱きしめた彼女を覗き込むと顔色が酷く悪かった。

ようやく自分の身に何が起きかけていたのかを理解したのだろう。

しがみついてくる彼女を宥め、二度とこんな事が起こらないよう説教をした。

帰れと初めて口に出した。

……本気なのかと言われれば正直よくわからない。

彼女と共に過ごしたいのも本当だが、これ以上彼女がこんな危機にさらされ続けるのは耐えきれないという気持ちの方が強かった。

自分の感情を制御できないままどなりつけたが、彼女は頑固に首を横に振った。その上、自分でなんとかするからいいとまで言いだし、さらに頭に血が上った。

そうじゃない、そうじゃないだろう。

君はあいつらを舐め過ぎている。

あいつらが本気になれば君程度簡単に食《く》われてしまうんだ。

それは今まで彼らから君を守ってきた僕が一番知っている。

君だってわかっている筈だ。なのにどうして見ない振りをするんだ。

頑《かたくな》に、ここに残ると主張する彼女にイライラした。

思い知らせてやるつもりで身体に触れたが、彼女は全く懲りていないようだった。

僕の手に可愛らしく反応し、もっとと強請ってくる。

とろんとした快楽に滲んだ目を向けられれば、理性が飛びそうになる。目的も忘れ貪ってしまいそうになる。

彼女が、わからない。

怖い目にあったばかりだろう？　なのに何故そんな反応ができるんだ。

僕が男だって事は誰よりも君が一番知っている筈なのに。僕が怖くないのか。

「ルシウスになら何をされても平気よ」

混乱している時にそんなバカなセリフを口にするから。

……もう、止まらなかった。

気づけば、今まで決して彼女には見せなかったものを見せ、それに飽き足らず白い太ももになすりつけて自分勝手に果てていた。

なけなしの理性を働かせ挿入だけは堪えたが、我に返って泣きたくなった。

僕は何をしている？

いくら頭に血がのぼったからといって、こんな事していい筈がないだろう。

なんのために今まで必死で我慢してきたと思っているんだ。

もう自分が何をしでかすかわからない。彼女もきっと幻滅した筈だ。

今まで彼女が大人しく僕に身を任せてくれたのは、男の象徴をあからさまに見せつけなかったからという部分も大いにあるだろう。

それを理解していたから、触れるだけで耐えてきたというのに。

触れさせてもらえるだけで十分だと自分に言い聞かせてきたのに。

駄目だ、きっと怖がらせた。

全部、自分で駄目にした。


——取引は終わりだ。


そう言えば曖昧な僕達の関係は終わる。

それなのに、壊れてしまったと思いつつ、その言葉だけは言えなかった。

そして自分の事は忘れろと、帰れとだけ言って——逃げてきてしまった。

もし彼女が帰れば、その後に待っているのは約束された王子との結婚だ。

きっと彼女が王子を好きになる事はない。

だってフェルナン王子は……本当に最低な男だ。

それでも、ここにいるよりは安全だ。少なくとも野獣のような男達に追い回される事はなくなる。

だから帰れと言った。そして帰るのなら、僕の事は忘れてくれと言った。

それなのに――――。

納得して言った筈の言葉なのに、早くも後悔し始めている自分がいる。

「……主って本当馬鹿だよな」

「フレイヤ……」

それまで黙っていたフレイヤがため息とともに声を出した。

「なあ主。俺は、お姫様は随分とわかりやすく言ってくれたと思うぜ？　お姫様の言葉を聞いて思うところはなかったのかよ」

「……」

促すような言葉に黙り込む。

僕が耳を傾けている事に気がついたフレイヤが根気よく話を続けて行く。

「お姫様は、主になら触れられてもいいんだって言ってたよな。それ、どういう意味かちゃんと考えたか？　まさか冗談で言ったなんて思っていないよな？」

フレイヤの言葉に僕は眉根を寄せた。

「……ありえない」

「は？」

素っ頓狂な声を上げるフレイヤ。

意味がわからないと首をかしげながら僕の前に回り込んできたフレイヤに、説明するように言った。

「だって、それじゃまるでアリシアが僕の事を好きみたいじゃないか。確かに多少の好意は持ってくれていたかもしれない。それは僕だって少しは考えた。もしかしたら……って。でも、結局僕が自分で壊した。だから、ありえない」

たとえ好意があったとしてもあれで全部おしまいだ。

自らふいにしてしまった。

「……いや、まあ、普通のお姫様ならそうかもしれないけどなあ。あのお姫様、いろんな意味で普通じゃないだろ？　それにそんな弱い女には見えなかったけど。恋するあまり妙なフィルターかかってないか？」

「馬鹿な事を言うな。本当のアリシアは心根の優しい王女なんだ。あんな事をされて平気な訳ないだろ」

「お……おお」

そうかなーというフレイヤを黙殺した。

アリシアに対して失礼過ぎる。

「それに万が一好きになってくれたとしても、きっと彼女は何も言わない。ルシウス・メンブラードとの未来はないって彼女は理解している。愚かな選択はしない」

「お姫様が言ってくれないのなら、主が告白すればいいだけじゃないのか？」

「応えてくれないのがわかっていてか？　さすがにそれを理解していて告白できる程僕は図太くな

い。更にその後避けられたりなんてしたら……それこそ立ち直れない」

本音を告げたのに、フレイヤは呆れた顔をしただけだった。

本当猫のくせに色々と器用な奴だ。

「……主、やっぱり主は馬鹿だと思うぞ。そういう意味では確かに、お姫様とお似合いだ。二人とも頑固で絶対に自分の決めた事を曲げない。それで拗れるってわかっているのにな。長く生きてきたけど本当に人間の考える事はわからない」

「そうだな。僕もわからない。でも、人間なんてそういうものじゃないのか？」

近道だとわかっている事が選べない時もある。今の僕のように。

「主は特にひん曲がっている。主の話を聞くと、いつも訳がわからなくなる。悩む必要なんて本当はないのに、どうして遠回りしようとするのか理解できない」

「そう、しなければならないからだ。それについては後悔していない」

僕の言葉を聞いて、やっぱり似ているとフレイヤはぼやいた。

「それで本当に欲しいものまでぶっ壊してしまうのはどうかと思うけどな？　主も少しは自分の幸せを考えてくれよ？　このままじゃ、不幸一直線の未来しか俺には見えない」

「そうかもな……。でも、もう遅い」

彼女の中にあったかもしれない好意も、今回の件で潰してしまった。

そして僕のつき続けた嘘は、遠からず白日の下に晒される。

そうしたらきっと軽蔑される。

勿論許されるなんて思っていない。
それでも言い訳を許されるのなら――――。
「それくらい、君を好きになってしまったんだ」
言えないけれど、そう言いたい。
遠くで見ているだけだなんて耐えられなかった。どうしても側に行きたかった。
全てはそこから狂ってしまったのだと、いつか君に告げられる日がくるだろうか。
そして、聞きたい。君がどう思うのかを。
君もフレイヤと同じ答えをくれるだろうか。
馬鹿だと言って――――笑って許してくれるだろうか。
それともやっぱり軽蔑されてしまうのだろうか。
彼女が出す、答えが知りたい。

解を得られない問いかけに意味はないと十分に理解していながらも、僕はそれを考える事を止める事ができなかった。

第四章　回復魔法と召喚魔法

「ルシウス」

「……」

声を掛けるが無視された。

「ルシウス！」

もう一度強く声を掛けた。

「……」

気づいているだろうに、彼はそのまますたすたと去ってしまう。

「レジェス。何があったのかは知りませんが、彼の事はもう放っておきましょう」

「……くそっ」

「ああ……。そう、だな」

側にいたレアンドロに宥められ、私はがっくりと肩を落としながら頷いた。

彼の背中をただ見つめ、そして項垂《うなだ》れる。

ああ、ルシウスどうして……。

――今日も今日とてルシウスは、私と目すら合わせてくれなかった。

◇◇◇

例のシャワールーム事件のあった日から数日が過ぎた。

あの後無事に皆と合流した私は、一心不乱に業務を終わらせた。

深く考えたくなかったというのもある。身体を動かせば、少しは思考が変な方向へ進むのを防げるような気がしたのだ。

そして気持ちを切り替えた私は、とりあえずルシウスと話そうと決めた。

そうでなくては始まらない。

彼の言葉を聞いて、お互い色々と誤解している部分も多いのではないかとも感じた。

だからしっかり話し合いたかったのに、彼はあれから一度も私と話してくれようとはしない。

……正直行き詰まっていた。

「参ったわ……」

悶々《もんもん》とした気持ちを一人抱えながらも、時は惨酷に進んでいく。

卒業式も近い。

残された時間も少ないのに、彼と話す事もできず、もやもやとしたものだけが胸の内に溜まっていく。

私は卒業まで彼と楽しく過ごしたいだけなのに。

話す事すら拒否する彼には訴えようもなかった。

――――全く酷い話だ。

私を……最初に自分のものだと言ってきたのはルシウスの方だというのに。

彼のものだと言うのなら、捨てずに最後まで責任を持って面倒をみてもらいたいと切に願う。

◇◇◇

「これより校内対抗魔法戦を開会する」

うだうだと悩んでいるうちに、あっという間に校内対抗魔法戦開催の日はやってきた。

わっと大歓声が上がる。闘技場の中央で私は開会宣言を行っていた。

代々の執行部長が行うと決まっている魔法戦の開会宣言。私の後ろには、他の役員達がずらりと並んでいる。

執行部はこの魔法戦が終われば解散だ。すぐに次の選挙が始まり、次代の執行部長が選出される事になる。

昨日、個人的にテオに次の選挙に出ないかと打診してみたが、最初はあまり色良い返事はもらえなかった。

曰《いわ》く柄じゃないという話だったが、名だたる男共を従えるハーレム男のテオなら（原作ではそうだった）十分に可能だと思う。

「お前なら、にっこり笑うだけでどんな奴らでも従いそうな気がするが」

本気で言ったのだが、テオには胡散《うさん》臭そうな顔をされてしまった。

「ご冗談を。それができるのは先輩だけですよ。先輩の笑みは魔性の笑みだって評判なんですからね」

「ほほう……」

仕返しのように言われた言葉に、それではと可能な限りの笑顔を向けてみた。

勿論通用するなんて思っていない。単なるノリだ。

にこりと笑って、誘うように言ってみる。

「テオ、是非次の選挙に出て欲しい。お前ならできると私は信じている」

「っ……ずるいですよ、その顔」

ぽんと赤く染まったテオの反応が可愛らしい。

冗談に見えないテオの動揺っぷりに、今度は本当に笑ってしまった。

「は……ははっ。なんだ、本当に効いたのか？　お前は面白い奴だな」

「先輩……」

こちらを見つめたまま、うーっと恨めしげにひとしきり唸った後、テオは観念したように口を開いた。

「……相変わらず性質《たち》悪いですね、先輩。……とりあえず今は考えておきますってだけじゃ駄目ですか？」

予想以上の答えを引き出せた事に満足し、頷いた。

強制はできない。もともと考えてもらえるだけでも御の字だと思っていたのだ。

「十分だ。ちょっと見たところ、お前以上に務まりそうな奴はいないからな。期待している」

「本当、天然たらしなんですから……僕達がこんなに躍起になっているっていうのに、当の本人はどこ吹く風だし……」

「ん？　どうした？」

小声で呟かれたので全部は聞き取れなかった。

聞き返すと、それこそ天使のような笑みが返ってきて、驚きで息が止まりそうになった。

「……」

おおう。正にこれだ。

これこそハーレム要員達を陥落させ得る天使の微笑み。

是非、私ではなく彼らに向けて欲しいものだと思う。

もう卒業も近いし難しいだろうが、それでも私は一縷《いちる》の望みを託していた。

どうか彼らが真の愛に目覚め、テオの取りあいを始めてくれるようにと。

天使の笑みを向けてくれたテオはさらににっこりと笑みを深めた。

「いいえ、なんでもありませんよ。先輩。ねえ、明日の魔法戦、優勝したら何かご褒美をくれませんか？」

「ん？　ご褒美？」

突然何を言いだすのかと思えば、テオは実に軽いノリで提案してきた。

「難しい事をお願いするつもりはないです。ただ休日に一緒に王都の辺りを歩きたいなって、それだけです。駄目……ですか？」

上目使い攻撃までプラスしてきた。本当、私に向けてどうするんだか。

向ける相手を間違えている。

テオの笑みに、私は息を吐いた。

「……まあ、そんなもので良いのなら構わないが、それが褒美になるのか？」

投げやりに了承したが、それでもテオは嬉しそうだった。

「はい。ありがとうございます、レジェス先輩。嬉しいな。実は、王都に先輩と一緒に食べたいって思っていた人気のケーキ屋さんがあるんですよ。先輩、確か甘いもの好きでしたよね？　楽しみだなあ」

まるで行く事が決定したかのように話すテオに、呆れながらも言った。

「余裕だな。まだ試合は始まってもいないのに」

「勿論！　せっかく先輩方を出し抜くチャンスなんですから。これで頑張れなかったら男じゃないです。優勝後のデート、楽しみにしていますね」

「で……デート⁉」

「何かおかしな事言いましたか？　僕」

「い、いや……」

あからさまな言葉に目を白黒させた。

デートをするなんて、そんな事一言も口にしていない。それでもなんとか立ち直り、「まあがんばれ」と適当に言葉を濁してその場を立ち去った。

ああもう、皆、色々とやってくれる。特にテオは迫られるタイプの女役だったので、こういう風に攻めてこられると、本当にどうしていいのかわからない。原作にない行動をとられても対処できないのだ。

嘆息しつつ、彼が優勝するのを望めばいいのか、それとも別の人物を応援するべきか、真面目に悩んでしまった。非常に複雑な気分だ。

「――――はあ……。頭痛がする」

ざっと昨日の出来事を思い出し、こめかみに手を当てた。

安請け合いしてしまったが、よりにもよってデートの約束とか。

普通にありえない。そう思いながらもとりあえず、客席の一階に設《しつら》えてある執行部役員用の席へと移動する事にした。

試合を絶好の位置で見る事ができるこの席は、毎年執行部の指定席となっているのだ。

用意された椅子の一つに座る。私以外の役員達は皆選手登録しているので、ここにはいない。

仕方のない事だが、闘技場の客席が全て埋まっている中での空席は、やけに目立つような気がした。

とはいっても負ければ皆、こちらに戻ってくる。

決勝が始まる頃には殆どのメンバーが座っているだろう。それまでの辛抱だ。

試合が始まる前ではあったが、もう疲れたなと思ってしまった。丁度その時だ。

ガタン————と音がして、私の隣に誰かが座った気配がした。

「ん？」

ここを使えるのは執行部役員だけ。

部外者は立ち入り禁止だと説明しようとして、隣に座ったのがルシウスである事に気がついた。

「え……は？　ルシウス？　どうしてここに？」

あのシャワールームの事件からずっと私を避け続けてきたルシウスがそこにはいた。

むすっとした顔をしている。それだけで彼が本意でここにいる訳ではない事がわかった。

「ど、どうして……ここは執行部の……」

どもりながらも理由を尋ねると、ルシウスは渋々という態度を隠しもせずに言った。

「学園理事からの命令だ。僕は試合に出ないから、君のサポートにつけだと。……こちらが逆らえないと思って好き放題言ってくれる」

久しぶりに聞いた彼の声に涙が溢れそうになるのを必死で堪えた。

嬉しい、ルシウスが私と会話をしてくれる。

それだけで幸せだと思えてしまう。なんだ、私、ちょろ過ぎだろうと思っても止まらない。

「お母様……いや、理事の命令なのか？」

驚喜のあまり素で話しそうになり慌てて訂正した。ルシウスは不本意そうに視線を別の方向へ向けた。

「そうだ。ほら、あそこで手を振っている」

ルシウスの目線を追えば、確かにそこには久しぶりに目にする母がいて、こちらに向かって目立たないようにではあるが、小さく手を振っていた。

その隣では王太子である兄が腕を組んで座っている。

形だけは笑顔を作っているが、目が笑っていない。あれはものすごく機嫌が悪い時の顔だ。

おそらく母に無理矢理連れてこられたのだろうと簡単に推測できた。

「お兄様まで……」

ぽつりと口にすると、ルシウスは苦々しげに吐き捨てた。

「理事命令では仕方ない。君も嫌だろうが、僕も好んでここにいる訳じゃない。悪いが、魔法戦が終わるまでは我慢してくれ」

「そんな、我慢なんて」

していない。

それどころか、ずっと避けられ続けていた彼を久しぶりに近くに感じる事ができて、小躍りしたいくらいだ。しかも他の役員達は誰もいない、二人きり。

何を考えているのかはわからないが、大義名分をくれた母には感謝したいとさえ思った。

一人幸運を噛みしめていると、ルシウスが椅子に座り直しながら口を開いた。こちらには一切視線を向けない。

「口調、戻っているぞ。気をつけろ。……僕の忠告を無視する程学園に残りたかったんだろ。それなら警戒を怠るな。君はすぐに気を緩ませ過ぎる」

「っ……ああ」

そうやって説教される事すら嬉しかった。

あれからまだ二週間程度しか経っていないが、彼と親しくなってから、こんなに話さなかった事など一度もない。

何度も話し掛けてみたのだが、彼は上手く察知して逃げてしまう。

追い掛けようとすれば、何故かレアンドロ達に止められ、結局それ以上近づく事もできず、歯がゆい思いをしていたのだ。

そんなところに、飛んで火に入る夏の虫ならぬ、ルシウス。

私は彼と話したくてうずうずしていた。しかも肩が触れあいそうな距離。

彼が側にいるのだと思うだけで身体が熱を持つようだ。

ああ、やっぱり私は彼が好きなのだなと再認識するには十分過ぎた。

そして思う。今、こうして側にいてくれるだけでも、あの時城に帰るという決断をしなくて良かったと。

基本私は単純なのだ。

ルシウスの様子をどきどきしながら、こっそり窺う。

彼は特に気にした様子もなく、闘技場の方をただ眺めていた。

私に話し掛けようとはしない。

むしろ話し掛けるなというオーラを全開に出していた。

それがやけに寂しくて、少しはこちらを向いて欲しくて、私は必死で話題をひねり出した。

空気を読んで大人しくしている事は可能だが、それでは何時まで経っても彼とまともに話せない。

それは嫌だ。

「お、お前は今年も魔法戦には参加しないんだな」

緊張のあまり声が上ずった。なおかつ、言った瞬間失言に気がついた。

ああああああー！　何を言っているんだ、私！

ルシウスが魔法戦に参加しない事は、とうに知っている事実だ。いくら焦っていたとしても咄嗟に出す話題としては最低の部類に入る。だって、既に知っている事実をわざわざ尋ねる意味がわからない。

それでも口に出してしまったものを今更取り消す事もできず、私はどきどきしながらもルシウスの反応を、まるで判決を待つ被告人のような気分で待った。

一言「知っているだろ」とでも言い返されたらそれで終わりだ。会話のキャッチボールがあっという間に終わってしまう。

話を続けたいのなら、続けられる話題を。

これは話術の基本である。それをがっつり無視した自分の言葉に泣きそうだ。

母にばれたら確実に呆れられるだろう。一国の王女としても恥ずかしい限りである。

辛い沈黙の時間が永遠にも感じられた頃、ルシウスがぽつりと言葉を零した。

「……僕は召喚士だからな。この魔法戦に出る事に意味はない」

一刀両断されると思ったが、きちんと答えが返ってきた。

それにほっとしつつ、今度こそ会話を続けるぞと私は質問を投げ掛けてみた。

「意味がない？　どういう事だ？」

「召喚士は基本契約獣に戦わせる。召喚士が直接攻撃をする事はめったにない。僕の場合ならフレイヤだが……契約獣は主の魔力の半分以上を己の維持のために持って行く。魔法戦ができる程魔力が残っている召喚士なんていないのが普通だ」

「半分以上？　それはすごいな」

フロレンティーノ神聖王国には召喚士は殆どいない。

だから詳しくは知らなかったのだが、どうやら召喚士とはずいぶんとリスクを強いられる職業らしい。

ルシウスの魔力が低めな理由も今の説明でわかった。契約獣に魔力を持って行かれているからなのだ。でも、それを考えると、実はルシウスの魔力量は多いのかもしれない。

半分以上持って行かれてこの量なら、彼の黒猫はかなりの量の魔力を吸い取っているという事になる。黒猫でこのレベル。やっていられない。

「だがそうなると、召喚獣というのは随分と非効率的な存在だな」

素直な感想だったのだが、彼の癇に障ったようだ。

「召喚獣にはそれ以上の価値があると考えるのが僕の国だ。君の国の常識とは違う」

咎められ、己の無神経な発言に気がついた。隣国では召喚士はとても大切に扱われる存在だ。

国それぞれ常識は違う。失礼な事を言ったと私は即座に謝罪した。

「すまない。考えなしの発言だった。許してくれ」

「いや、いい。そう考える奴が多いのも本当だからな。話は戻るが、だから僕は魔法戦には参加できない。魔法を自ら放つという事が条件だろう？　なら僕には殆ど攻撃手段がなくなってしまう。召喚獣を使っても良いという話も出たが、そこまでして出場したいとは思わないし……出たら出たで瞬殺だ」

そう言って、肩を竦めるルシウス。

「そうだな。私もそこまでする必要はないと思う」

いつもルシウスの側に寄りそう小さな黒猫が、魔法に倒れる様は見たくない。

「……それに、今年の優勝賞品は魔法師団への推薦状らしいからな。僕には無用の長物だ」

「……そうだったな」

何気なく触れられた話題に、彼がもうすぐ国へ帰ってしまう事を否応なく思い出してしまった。

私もルシウスも卒業すれば同じ国へ行く事になるが、目的は全く違う。

私は嫁ぐために。彼は家を継ぐために帰るのだ。

どちらにせよ、そうなればもう交わらない線と線。やはり今しかないのだと強く思った。

間が空いた事で話が終わったと判断したルシウスは、また闘技場の方に意識を向けてしまう。

それがどうにも悔しい。

今までなら、何もなくても自然と会話は続いた。なのに今では努力しないと話し続ける事さえ難しい。全てあの日の事が原因だというのなら、どうにかして仲直りしたいと思った。

意を決して、口を開く。

「ルシウス……あの、あの時の事は……」

「……あの日の事なら悪かった。僕も頭に血が上っていたんだ。許してくれとは言わないが、もう君には近づかないからそれで我慢してくれ」

視線をこちらに向ける事なく一息でそう言われ、私は呆気にとられた。

まさかまさかと思っていたが、彼は私が傷ついていると思っているみたいだ。

それで私の事を避けていたのだと。

……なんという事だ。全くそんな必要ないのに。

私は慌てて口を開いた。変な勘違いはされたくないと思った。

「ま、待ってくれ、ルシウス。お前は何か誤解している。私は傷ついてなどいない。あれは、お前の忠告を無視し続けた私の方が悪いんだ。だから……頼むから私を避けないでくれ」

「……」

とにかく必死で言い募った。

少ないとはいえ、人目があるのが辛い。

誰もいないのなら、女としての私の言葉で真実を伝える事ができるのに。

それでも私の言葉を聞いて、やっとこちらを向いてくれた彼に縋《すが》るように言った。

「お前の言う事は尤《もっと》もだと思う。勿論城に帰る事はできないが、それでもこれからは最大限に注意すると誓う。だから……私を嫌わないでくれないか。お前に避けられるのは嫌なんだ。嫌われるのは……とても辛い」

正直に告げる。変な小手先の技は使わない。

私の言葉を聞いたルシウスの顔が、徐々に驚きに満ちたものに変わる。彼にとっては予想外だったのだという事がそれだけでわかった。彼はゆるゆると首を横に振った。

「僕が君を嫌うなんて……僕の方こそ、君に嫌われてしまったのだと思っていた。あんな事をしたのだから、それも当然だと……」

彼の言葉を聞いて、心底ほっとした。

ああ、良かった。本当に彼に嫌われていたら立ち直れないところだった。

勇気をもらった私は、力強く拳を握った。

攻めるなら今だ。

「それが誤解だと言っている。どうして私がお前を嫌うんだ。その、あの……あの時の事は確かにすごく恥ずかしかったが、別に嫌だとは思わなかったし……それに卒業までもう日もないんだ。今のように避けられるのは辛い……できれば今まで通り接して欲しい」

「……」

ルシウスは黙ったまま私を見つめ続ける。

何を考えているのか。彼の真意が知りたいと思った。

「卒業まで私はお前のものなんだろう？　その……途中で放り出すのはあんまりだと思う。……お前のものだと言うのなら、最後まで責任は果たせ」

「へえ……」

言いたい事を全部言い切る。

最早なりふり構ってはいられなかった。

一言言っただけでまた口を閉じてしまったルシウスだが、やがて目を瞬かせにやりと笑った。

その笑い方が過去に何度も見せてくれたルシウスそのままで、胸の奥がじーんとした。

殆ど感動に打ち震えている私の耳元に顔を寄せたルシウスが、妙に色を感じさせる声で言う。

「今まで通りっていうのは……つまりそういう意味で僕に触れられたいって事？　勿論君が望むと言うのなら僕も君に応える事はやぶさかではないけれど」

「なっ⁉」

つい余計な言葉まで言ってしまった事に気がついた。

先ほどの私の台詞。そうとられてもおかしくはない。

決して間違ってはいないのだけれど、直接言葉にされるとそれはそれで恥ずかしい。

「……っあ、あの……」

「ああ、否定はしないんだ」

真っ赤になった私を見て、ルシウスがまた笑う。その笑い声に暗いものが含まれていない事に安堵した。

いつも通りのルシウスだ。そう思い、ふにゃりと顔を緩ませると、彼がもう一度耳元で囁いてきた。

「なら、君の望み通りに。……僕のアリシア」

小さく、でも優しく発せられた言葉に、頭から湯気でも出そうなくらい恥ずかしくなった。

甘く響いた『僕の』という単語が毒のように私を蝕《むしば》む。

どうしよう、どうしよう、どうしよう。

何かわからないけれど、とにかく、物凄く、嬉しい。天にも昇る心地だ。

頬を紅潮させたまま無言で頷いた私の頭を、ルシウスがぽんと軽く叩いた。

顔を上げると、ルシウスの瞳と視線がかち合った。

少し笑い、ふと真顔になったルシウスが酷く真面目な口調で言う。

「とりあえずは、この話は終わりにしよう。……このままだと僕があいつらに殺される」

「……？　なんの話だ？」

顎と視線で場所を示され、そちらへ顔を向ける。

ルシウスが示した場所は闘技場内の選手たちが集まっている辺りだったのだが、そこでこちらを睨みつける人物達を見つけて目を丸くした。

「……あいつら」

そこにいたのは、レアンドロにトビアス、テオにイラーリオといった執行部役員達。皆の視線がこちらを向いていた。

私から離れ、座席に座りなおしたルシウスは肩を竦めた。

「おそらく僕が君に手を出しているとでも思っているんだろうな。自分達は選手で、あの場所から動けないから……視線だけで呪い殺されそうな気分だ」

「大げさだな……」

「そうでもない。まあ僕は気にしないから構わないが。それに……」

「わっ」

ぐいっと腰を抱き寄せられ、焦った。

人前で何をする気だとさすがに抗議しようと思ったが、紡がれた響きに固まる。

「……実際、僕は君に手を出している訳だし。嫉妬だと思って笑って受け流しておくさ」

「……な」

まさかそんな事を言われるとは夢にも思わず、言葉に詰まる。

ルシウスはさらに言った。

「どうせ恨まれるのなら、せっかくだからあいつらに見せつけながら試合でも観戦する事にしようか。な？　アリシア」

声を立てて笑い、甘い視線で見つめられればもう何も言えない。ドキドキし過ぎて、きっと顔は真っ赤だろう。

私は俯きながら、小さく頷くのが精いっぱいだった。

◇◇◇

すったもんだあったものの、いよいよ始まった校内対抗魔法戦。

この魔法戦については、キミセカの小説内でも触れられていたようだが、実は誰が優勝するのか私は知らない。何故なら私が読んでいたのは小説の前半部分。

卒業間近のこの時期までは読んでいなかったのだ。

その事もあって、私はわくわくしていた。

先がわからないというのはやはり良いものだと思う。優勝者が最初からわかっているなんて面白くもなんともない。知らなくてよかったと心底思った。

今回は参加人数が百人を超えていた事もあって、予選が行われる事になった。

十五名前後のグループを八つ作り、その中で勝ち残った一人だけを予選通過者とするというサバイバル方式だ。

勿論うちの執行部役員達は予選など全く苦にせず、全員順調に勝ち残っていった。

抽選でグループを作るのだが、運よく――――他の生徒達にとっては運悪く、彼らは全員別のグループになったのだ。

真っ先に予選通過を決めたのは、イラーリオ。

予選、グループAに入った彼は試合が開始されると同時に、周囲の人間全員を吹き飛ばす風の上級魔法を使ったのだ。

場外は失格。そのルールを上手く利用した見事な戦法だ。

咄嗟の事で警戒していなかったのと、あまりにも早い魔法の発動で対応できなかった彼のグループの生徒達は、皆大した抵抗もできず早々にリングアウトした。

「アルバは、魔法を発動させるまでの時間が恐ろしく短いな……」

隣で試合を観戦していたルシウスが感心したように言う。私も、彼の言葉に同意した。

「ああ。彼の実家、アルバ公爵家は魔法の発動時間をゼロにする研究を特に熱心にしている家だからな。特に父親のアルバ公爵は王宮の研究室の室長を務めるくらいの人物だ。ある程度の発動時間の短縮が既に可能になっていてもおかしくはない。もしかしたら、今の魔法はその最新技術の応用なのかもしれないな。さすがはイラーリオだ」

父親のアルバ公爵は確かにとても有能な人物だが、その息子であるイラーリオもまた、父親に負けず劣らず非常に優秀だ。そのせいもあって、卒業後は、父親と同じ研究室に所属する事になるだろうと言われている。

本人はどうするのか、その辺りはまだわからないが、イラーリオが父親と比較される事を殊の外嫌がっているのは知っている。

もしかしたら違う道を選ぶかもしれないが、彼がそれで納得できるというのなら、私はそれでも良いと思う。

何を選ぶのか、それを決めるのは彼自身だ。

口外厳禁という訳ではないので、ルシウスにアルバ公爵家の研究内容を教えると、彼は意外そうに目を見張った。

ルシウスは留学中の他国の貴族だ。さすがの彼も、外国の研究室の研究内容まで詳しく把握してはいない。

対して私が知っているのは、そこは当然王族だからだ。

詳細までは知らなくても、自国の研究室で行われている簡単な研究内容くらい把握できていなくては、王女としてあまりにも情けない。

「へえ。アルバのあの尊大な態度からは想像もつかないな。意外だった」

「それは言ってやるな」

設定だ。とついぽろりと口が滑りそうになった。

一人はいる俺様キャラ。それが彼の立ち位置なのだ。あの話し方は仕方ない。

「執行部役員は伊達じゃないってところか。他の奴らも順調に予選通過を決めているみたいだな」

「ああ。皆とても優秀だからな」

皆、将来を嘱望される人物ばかり。

普段の成績だけでなく、魔法についても優秀な彼らに予選落ちなどという言葉はない。

……何せ母が私の婚約者候補にとあげる者達だ。

私達がぼそぼそと話しているうちに、次々と予選通過者が決まって行く。

最後にテオが少し苦戦しつつ予選通過をしたところで、既定人数の八人が出そろった。

「クレスポは意外に手間取ったな」

正直な感想を述べるルシウスに、私はテオをフォローした。

「テオはまだ一年だ。だが潜在能力は目を見張るものがあるし、ここ数か月でめきめきと実力を伸ばしてきている。なんらかのきっかけがあれば化けるタイプだと思う」

キミセカの主人公を舐めてはいけない。ああいうタイプは、最終的に最強主人公になるのだ。

いや、実際どうなのかは知らないが、多分そうだと思う。

そういう兆しは本編の中でもあちこちで見られたし、そうでなければ、あの濃い面々を抑える事などできはしないだろう。

……うん、守られるだけの主人公タイプではなかった筈だ。

「魔法の威力にまだ、若干のむらがあるようだな。だが、確かに君の言う通り、センスは良いものを持っている」

私の話を聞いて、なるほどと頷くルシウスに、一言付け足した。

「上手く育てば、彼らの中で一番伸びるのがテオだ」

潜在能力はピカイチ。あの三人を抜くのも時間の問題だろう。

私は舞台が本選用のものに切り替えられて行くのを確認しながら、口を開いた。

そろそろ時間だ。残念だが、行かなくてはいけない。

「悪い、ルシウス。少し出てくる。予選で傷ついた者達に癒しの魔法をかけてやらなければならない」

席を外す理由を告げると、ルシウスは思い出したように目を瞬《しばたた》かせた。

「……そうか。君は救護班の班長だったな」

「ああ、幸い重傷者はいないみたいだし、私が必要だとも思わないが、まあこれも義務のうちだ。様子だけでも見てこようと思う」

「なら、僕も一緒に行こう」

「えっ？　ルシウス？」

フットワークも軽く、座席からあっさり立ち上がったルシウスの行動に、驚かされた。ついてくると言いだすとは露ほども思わなかったのだ。

驚きで固まっている私に、ルシウスは柔らかく笑う。

その表情に胸を打ち抜かれた。

ルシウスがとても私好みで格好良いのは勿論の事なのだが、こんな風に笑われると彼を好きな私としてはたまらない。心臓が高鳴りっぱなしだ。

ドキドキしている私の事など知らず、ルシウスが当たり前のように言った。

「君を一人で行かせたりしたら、それこそ何が起こるかわからないだろう。心配なんだ。護衛だと思って僕も連れて行け」

「……わ、わかった」

ぎこちなく首を縦に振った。

先ほどようやく念願叶《かな》って仲直りする事ができた訳だが、それからずっとルシウスはこんな感じだ。

イライラする訳でも、怒る訳でもない。

いつもの、どこか切羽詰まったような表情はなりを潜め、ただひたすらに甘い。

今のセリフだって以前ならもっと嫌味っぽく責めるように言っていた。

だからこそ私も反発してしまっていたのだけれど……。

こんな風に言われてしまうと、まるで私から離れたくないのだと言われているみたいで、とても恥ずかしくなってしまう。

「レジェス？」

ぽーっとしているとルシウスに名前を呼ばれた。

まずい。色ぼけしていた。

「あ、ああ。すまない。行こうか」

慌てて姿勢を正し、立ち上がる。

その折、エスコートするように手を差し出されて、また心臓が飛び跳ねそうになった。

一体どうなっている。どうして急にこんな事をしてくれるようになったのだろう。

聞きたい、でも聞きたくない。

複雑な気持ちのまま、それでも嬉しくて手をあずける。

後少し、卒業までの間だけでも良い。こうやって過ごす事ができたら――。

都合の良い妄想だとわかってはいたが、つい想像してしまう。

もしそれが叶《かな》えば、それだけでこれから先も頑張っていけるような気がした。

◇◇◇

思った通り大した怪我人もいなかったので、担当教員と少し話しただけで、元の観覧席に戻ってきた。ルシウスも勿論一緒だ。

もしかして偶然の遭遇があるかなと思いもしたが、予想は裏切られ、他の執行部役員達と顔を合わせる事はなかった。

昨日のうちに四人から陣中見舞いはいらないと言われていたので控室を覗く事はせず、大人しく自分の席へ戻る。

本選は午後からだ。

あらかじめ支給されていた昼食を食べていると、しばらくしたところで本選開始を告げるアナウンスが流れた。魔法で音声を拡張するという単純な方法を取っているのだが、便利なのでこういう場では必ず使われる。

本選はトーナメント方式。

勝利条件は、相手が負けを認めるか、場外、もしくは気絶させる事となっている。死亡させれば勿論失格。

「トビアスとテオが当たるな……」

先ほど行われたトーナメントの抽選会の結果を見ながら呟く。

Aブロックではトビアスとテオが一回戦目で当たっていた。

反対のBブロックでは初戦を勝ち上がれば、レアンドロとイラーリオが当たる事になる。

「Bブロックの初戦は決まりだな。問題はクアドラードとクレスポだが」

「今の実力なら順当に考えてトビアスが勝つだろうな」

二人の実力を考えてそう答えたのだが、実際は番狂わせが起こった。辛勝ではあったが、それでもテオがトビアスを下したのだ。そのまま彼は勢いに乗り決勝まで勝ち上がった。

だが、準決勝で相手を下したテオが、嬉しそうにこちらに向かって手を振ってきた時は怖かった。

隣のルシウスから恐ろしいオーラが漏れ出て、とてもではないが正視する事などできなかったのだ。

「クレスポが君に意味ありげに手を振っているが……何か思い当たる節はないか」

「そ……それは」

勘の良いルシウスに詰め寄られ、私は必死で視線を逸らした。

昨日、テオと約束した事を話したらきっと怒られると思ったのだ。

だがルシウスは私の態度に何かを見たのか、一切容赦してくれなかった。

「身に覚えがあるようだな。言え、アリシア」

「う……」

名前を呼ぶのはずるい。

きらめく紫水晶の瞳で見据えられれば、私に黙秘し続ける事などできなかった。

優勝の褒美の件を、しどろもどろになりながらも彼に白状する。

その後くどくどと説教されたのは、もはや様式美だ。

「君は……少し僕が目を離した隙に！」

「す、すまない。だがデートといっても、王都をちょっと歩くだけだし……」

ぼそぼそと言い訳するとぎろりと睨まれた。

ルシウスは仕方ないと言いながら舌打ちをした。

「ちっ。もしクレスポが優勝するような事があれば、当日は僕もついて行く。いいな？　絶対に僕の見ていないところで二人きりになるなよ」

「わ、わかった」

正直、ちょっとやってしまったかなと思っていたので、彼の申し出は有難かった。

でも、どうせならテオとではなく、ルシウスと二人で出かけたい。

今までそういう事は一切していないのだ。まあ、当たり前といえば当たり前だが。

その思いと、優しくなったルシウスの態度から、ぽろりと本音がこぼれ出た。

「……私だって、どうせならルシウスと二人で出かけたかったわ」

「アリシア……」

「あ」

無意識に口にしてしまった事に気づき、口元を押さえる。

ルシウスから痛いくらいの視線を感じる。それがあまりに居た堪れなくて、俯いてしまった。

じっと私を見つめていたルシウスは、やがてさっきまで纏《まと》っていたイライラしたオーラをすっと消した。代わりにどこまでも甘い声で告げてくる。

「なら、今度出かけようか。君はどこへ行きたいんだ？」

「いいの？」

弾かれたように顔を上げた。優しい笑みを湛《たた》えたルシウスと目が合う。

「ああ」

「っ！　なら一緒にカフェに行きたい。約束。絶対、連れて行ってね」

「わかった」

約束を取りつけ、満面の笑みを浮かべる。嬉しい。今日は嬉しい事がいっぱいで、一生分の幸運を使い果たした気分だ。

にこにこと笑っていると、私の顔をまじまじと凝視したルシウスは、ふいっと視線を逸らしてしまった。その耳が赤い。もしかして、照れているのだろうか。

「っ……。向こうのブロックはカルデロンが決勝に残ったようだな」

じっと見つめていると、ルシウスはあからさまに話を変えてきた。

それがあまりにもわざとらしかったのが妙におかしい。

なんだろう。こんなの、初めてだ。初めてだけど、とても楽しい。

「レアンドロとイラーリオなら地力の差だな。イラーリオは魔法の扱い方は上手いが、保有している魔力量はレアンドロの方が多い。長期戦になればなるほどレアンドロの方が有利だ」

話題転換に応じれば、ルシウスはほっとしたように息を吐いた。そんな様子すら今の私には愛《いと》しく思える。

少し休憩してから決勝が始まるという事で、その間にトビアスとイラーリオがこちらに戻ってきた。

「お疲れ。いい試合だった。……惜しかったな」

声を掛けるも、彼らは私の隣を陣取るルシウスに敵意の籠った目を向けていた。

「どうしてお前がここにいる、メンブラード」

イラーリオが高圧的に言えば、トビアスも追随した。

「ここ、役員の専用席なんだけど。どうしてあんたがレジェスの隣に座っている訳？　試合中も鬱陶しくて、俺、それで本気出せなかったんだよな」

「二人とも、やめろ！　それにこれは……」

説明しようと席を立とうとしたところをルシウスに制止された。

「やめろ、レジェス。僕が自分で説明する」

「だが……」

首を横に振り、二人に向き合ったルシウスが口を開く。

「僕がここにいるのは理事でもある女王陛下のご命令だ。疑うのなら確認すると良い。とは言っても、まさか女王陛下の命令を疑うなんて事をする筈はないと思うが」

「女王陛下が？　どうしてお前に……」

眉を顰めるイラーリオにトビアスがイライラしながら言う。

「理事がっていうなら仕方ないけどさ。俺が気に入らないのは、メンブラードがレジェスに近づき過ぎって事だ。いつもいつも邪魔してさ。あんた感じ悪《わり》ぃんだよ」

「それはオレも思っていた。いい機会だ。どういうつもりなのか説明してもらおうか」

二人に詰め寄られたルシウスだったが、彼は全く動じない。それどころかにやりと挑戦的に笑って、私の腕を引き寄せた。

予想していなかった動きに、私の身体は簡単に彼の腕の中へとおさまる。

「ルシウス……？　んっ」

ちゅ、と唇が触れた。

驚愕に目を見開く私に、ルシウスは意味ありげに微笑む。そして彼らに向かって言い放った。

「見ての通り僕達はこういう関係だ。君達の方こそ、いつまでもレジェスに群がって鬱陶しい。いい加減止めてくれ。不愉快だ」

「……え」

何を言い出すのかとルシウスをただ見つめた。

イラーリオとトビアスは想定外の事態に、ぽかんとただ口を開けている。

やがて正気に返ったトビアスが、私に向かって確認するように言った。

「レジェス！　こいつの言った事……マジ、なのか？」

その顔が嘘だと言って欲しいと言っている事に気づく。隣のイラーリオもどこか縋るような目で私を見ていた。

私はどう答えればいいのかと考え……さっきのルシウスの意味ありげな笑みを思い出し、とりあえずは頷いた。何か考えがあるのなら否定するのは良くないだろうと思ったのだ。それに……現金な話だが否定したくないという思いもあった。

「嘘、だろ……」

ショックを受けたように後ずさるトビアス。イラーリオも言葉にはしないが衝撃を受けているようだ。

「そういう事だ。わかったら、もうレジェスには近づかないでもらおう」

ルシウスがせせら笑う。

彼の勝利宣言を受け、二人は力が抜けたように無言で座席に腰を下ろした。ルシウスはそんな彼らに見向きもしない。

「ルシウス……聞いていないぞ」

周囲に聞こえないように訴えれば、ルシウスはしれっと言い放った。

「この方が余計な虫がつかない。……最初からこうしておけば良かった」

「最初からって……」

「君は僕のものなんだから、そう言っておけば良かったというだけさ。そうだろ？」

「……」

あまりにもあっさりと返され、咄嗟には言葉が出なかった。

今までのルシウスなら絶対に言わなかった台詞だ。返事をしない私に、ルシウスは少し心配そうな顔になる。

「嫌、か？」

「そ、そんな事ない、っけど」

いきなりで、恥ずかしかっただけだ。そう答えれば、ルシウスは満足気に笑った。

「そうか。嫌だと思われなかったのならいい」

「あ、ああ。嫌じゃ、ない」

また変な誤解をされるのが嫌で、そこはきちんと伝えた。

照れくさくてひたすら下を向いていると、今度は右手を握られた。

「っ！」

顔を上げるとルシウスが柔らかく私を見つめていた。

「よかった。これで堂々と君と居る事ができる。卒業まで後少しだが、今からでも可能な限り思い出を作って行こう……アリシア」

小さく付け加えられた私の名前。

なんだかたまらなくなった私はただ黙って首肯した。

握られた手からは彼の熱が伝わってくる。

彼の考えている事はわからないけれど、嬉しいと感じた事だけは確かだった。

◇◇◇

ようやく決勝戦が始まった。

テオとレアンドロ。

普通ならレアンドロの圧勝だったと思う。

レアンドロは氷の魔法が得意だが、テオは炎の魔法が得意だ。相性を考えてもレアンドロが有利なのは明らかだった。

それでも思いの外テオが粘った事で、想像以上に試合は長引いていた。

闘技場の舞台の上では、満身創痍《そうい》となったテオとその反対にまだまだ余力を残したレアンドロが向き合っている。

肩で息をするテオに、レアンドロが褒め称《たた》えるように言った。

「まさかあなたがここまでできるようになっていたとは思いもしませんでしたよ」

その言葉に、少し顔を顰めたテオは、それでもなんとか笑顔を作りながら答える。

「ありがとうございます。レアンドロ先輩。僕にも引けないものがあるんです。そのためなら少しくらいの無茶はなんでもありません」

言葉を紡ぎながらも次の魔法を放つテオ。炎を弾丸に変えて、相手を打つ魔法だ。一度に数発から、魔力によっては何十発と放つ事ができる。炎系の中級魔法の一つだが、続けて弾丸を放ち続ける事で、レアンドロに一定の効果を与えていた。魔力も殆ど底を尽きかけているだろうに、それでも諦めない姿勢が、観客の視線を釘づけにしている。

レアンドロはテオの魔法を魔力の障壁を張る事で弾《はじ》く。

まだまだ余裕の表情に、きっと彼こそがこの大会の優勝者であると、誰もが皆そう思っていた。

「ほう。ですが私もそれは同じです。優勝すると約束した人がいますのでね。ここは年長者に大人しく勝利を譲って、あなたは来年の優勝を狙いなさい」

いい加減ギブアップしたらどうかというレアンドロの言葉に、テオは即座に断りを入れた。

「嫌ですよ。僕にだって負けられない理由があるんですから。今年でないと意味がないんです。先輩こそ後進に道を譲っては如何《いかが》ですか？」

「減らず口を。あなたも言うようになりましたね」

◇◇◇

「……カルデロンの言う、優勝すると約束した人物というのは君の事だな、レジェス」

「……」

闘技場の舞台上での会話はこちらにも聞こえていた。

じろりと睨んでくるルシウスに、私は何も言い返す事ができない。

「レジェス……アリシア？」

「……い、いや、別に何か褒美をやるとか約束した訳では……テオの時とは違う」

ルシウスの地を這うような声に、私は小さな声で一応抗議した。

それでもきっと怒られるのだろうと覚悟を決めていると、しばらくしてルシウスがはあっとため息をついた。

「わかった。もう良い」

「ルシウス？」

一瞬見捨てられたのかと思い、慌ててルシウスの袖を引けば、彼は困ったように笑っていた。

「君が人気者だという事はわかっていた事だしな。特別な約束をしていないのなら良い」

「し、してない」

「それなら後は、そいつらと同じだ。僕達の事を見せつけてやれば良いだけだ。問題はない」

「え？　あ、ああ」

見せつけるというフレーズに目を剝《む》いたが、ルシウスの機嫌を損ねたくなかった私は引きつった笑いを浮かべながらも同意した。

せっかくルシウスが優しくしてくれるのだ。この素晴らしい環境をできるだけ長く楽しみたいと思って何が悪い。

自分に言い訳をしていると、ルシウスが闘技場の方に視線を戻しながら言った。

「レジェス、もう決着がつきそうだぞ」

「本当か。どちらが優勢だ？」

「カルデロンだな。勝負ありといったところか」

ルシウスの言葉に私も意識を闘技場の舞台の方へ戻す。

正方形の石舞台の上では、先ほどまではなんとか立っていたテオが這いつくばり、悔しそうにレアンドロを見上げていた。

「……っ。やっぱり先輩、強いですね」

「あなたもなかなかでしたよ。これ程時間がかかるとは正直思いませんでした。見事です」

こつこつと一歩ずつテオに向かって近づきながらレアンドロが片手に魔力をためるのが遠目にもわかった。

「最後の通告です。ギブアップなさい。そうすればこの魔法は使わないでおいてあげます」

彼なりの慈悲のつもりなのだろう。

だが、その言葉にテオは顔を歪めただけだった。

「お断りです。ギブアップはしない。……どうぞレアンドロ先輩。やるなら思いっきりやっちゃって下さい」

「……あなたも気づいているでしょうが、これは氷系の上級魔法です。今のあなたには少しキツイと思いますが」

「先輩ならそう言われて、はいそうですねって答えられるんですか？　自分にできない事を僕にさせようとしないで下さいよ」

テオの言葉に、レアンドロは少し目を見張って頷いた。

「……そうですね。今の発言は取り消させて下さい。あなたに対しても失礼な話でした。では、こちらも遠慮なくいかせてもらいますよ。テオ、あなたは良くやった。来年、頑張りなさい」

言い終わると同時にレアンドロは、ためた魔力を氷の魔法へと変換させる。魔力が白く冷たい温度を纏うや否や、テオに一切の手加減なくその魔法が放たれた。数えきれない程の氷の粒が、強風を帯び、テオに向かって牙をむく。まるで吹雪のようにも見えるところからついたその魔法の名前は、文字通り氷系の上級魔法の一つ『吹雪』。氷属性に高い適性を持つ、この学園ではレアンドロにしか使えない魔法だ。

「決まったな……」

ルシウスの言葉に、舞台を見つめたまま頷く。

誰もが、レアンドロの勝利を確信した。会場の空気が一瞬緩む。

だが、テオに氷の魔法が到達したと思った瞬間、彼はその魔法を跳ね返した。

「なっ⁉」

慌てて自らの魔法を打ち消したレアンドロだが、急だったため体勢が崩れる。

それを待っていたかのように、いつの間にか立ち上がっていたテオが、強大な炎の魔法を完成させていた。会場内が大きくどよめく。

「油断大敵ですよ。先輩」

形勢逆転とばかりに、テオも遠慮なく魔法を発動させる。

彼の手から迸《ほとばし》ったのは、巨大な炎の龍《りゅう》だった。

炎系の上級魔法の中でも特に制御が難しいと言われる『炎龍』の名を持つ魔法。まさかそんなものまでマスターしていたとはレアンドロも思わなかったのだろう。なんとか避けたが、それでも肩の部分をかすってしまった。

テオがそんなレアンドロを眺めながら忠告する。

「無駄ですよ、先輩。そいつは標的を仕留めるまで決して消えない。知っていますよね？　それを消すには同等以上の魔法をぶつけるしかないって事。でも先輩にはもうそれを用意できるだけの魔力は残されていない。……僕の勝ちです」

「全く……今年の一年は可愛くないですね」

レアンドロが諦めたように息を吐く。

舞台に手と膝をついてしまった彼の様子から、もう彼に反撃の手が残っていない事がわかる。先ほどの吹雪を打ち消した事で魔力を使い果たしてしまったのだろう。吹雪は彼の切り札。発動させるのも、打ち消すのも膨大な魔力を消費する。今の彼に勝ち目はなかった。

「ギブアップして下さい。なんて僕は言いませんよ？　先ほどの先輩と一緒です。僕も全力でいきますから」

「ええ、そうして下さい。全く……油断大敵とはよく言ったものですね。見事でした」

口元を緩め、テオに賞賛の言葉を送るレアンドロ。

テオは少し照れくさそうにして、それから宙にとぐろを巻いて今か今かと攻撃の合図を待つ炎龍に攻撃の指示を出した。

「行け！　炎龍！」

声が出る訳ではないが、まるで雄叫びを上げたかのように炎龍が空に向かって一度吠《ほ》える。

術者の命令に従うべくレアンドロを標的にした炎龍だが、彼に向かう途中、何故か急にその向きを変えた。

「えっ⁉　炎龍、どうした！」

思いもしなかった炎龍の動きに、テオが焦りながらも制御しようとする。だが炎龍は止まらない。

そのまま客席に――――何故か私達のいる方向に向かってその身を突っ込ませてきた。

「止まれ！　止まれよ‼　そっちの方角は……！　ああ！　先輩！　逃げて！　逃げて下さい‼」

完全に制御を失ってしまったのだろう。必死で炎龍をどうにかしようとしていたテオが、すぐにその無駄を悟り、私に避難を求めてきた。

だがその時にはもう、すでに炎龍は私の目の前に迫っていて。

制御を失ったせいか、抑えられていた筈の炎龍が纏う炎の量は、恐ろしい程に増えていた。

――――ああ、これは死ぬかもしれないな。

酷く冷静にそう思った。

逃げようにも突然の事で身体は動かないし、ただぼんやりと目の前の炎龍がやってくるのを眺めている事しかできなかったのだ。

こんな時だというのに、周り全ての動きがやけにスローモーションに見える。

視界の端に、私の方を見て逃げろと叫ぶトビアスとイラーリオ。

闘技場の方では、必死に炎龍を制御しようとするテオ、それをただ見つめるしかできないレアンドロもいた。そして脳裏に蘇《よみがえ》ってくる学園での思い出の数々。

ああ、これが走馬灯という奴なのかとなんとなく理解して、最後にルシウスの顔が見たいと隣を向こうとした。その瞬間――――。

「レジェス‼」

どんっと身体に衝撃が走ったかと思うと同時に、私は強い力でルシウスによって突き飛ばされていた。

「っ痛っ‼」

がんっという音がして、空いていた三つ向こうの座席に身体がぶつかった。

痛い。腰を酷く打ちつけたみたいだった。だが呻いている暇もなかった。

痛みを堪《こら》え、振り返った私が見た景色は、ルシウスが炎龍に飲み込まれるという何よりも見たくない現実だった。

「ルシウス！」

悲鳴のような叫び声を上げた。

彼が突き飛ばしてくれたせいで、私は少し腰を痛めただけで済んだ。

だが、ルシウスは――――。

どこにそんな魔力があったのか、よく見るとルシウスは魔力の障壁を張り、なんとか直撃は防いでいた。それでも炎龍に圧《お》されたのか炎の洗礼を浴び、その場に倒れ込んでしまった。

障壁に進行方向を反らされた炎龍が彼の背後にぐるりと回る。

私はその隙に、なんとか彼の側へと駆け寄った。

「ルシウス……どうして」

ルシウスを抱き起こしながら、彼の具合を確認する。

酷いやけどだった。ローブも、その下に着込んでいる制服も焼け焦げてぼろぼろになり、肌に無数の炎症を負っているのがすぐにわかった。

今すぐ治療をしなければ彼の命が危ない。慌てて魔法を発動しようとした私の手を彼が強く掴む。

「この、馬鹿っ……。どうして戻ってきた」

「だ、だってルシウスが……」

「いいから……僕を置いてさっさと逃げろ！　また、あいつがくる！」

無茶な要求に私は怒鳴り返した。

「そんなの無理！　できる訳ない！」

ルシウスを置いて一人で逃げるなどできる筈がない。

光の癒しを使おうとしたが、どうにも思考がまとまらず上手く発動する事ができない。

彼を助けなければ。

そればかりが頭の中を回り、いつもなら簡単に行える事がどうしてもできなかった。

仕方なく私はルシウスを移動させようと彼の脇の下に腕を回した。

せめてこの危険な場所を脱すれば、私も落ち着いて魔法を使えるのではないかと思ったのだ。だが、動かそうとするもやはり私は女で、男ほどの力はない。立ち上がらせる事すら叶わず、その場に蹲ってしまった。

そんな事をしているうちに、ぐるりと宙を一周した炎龍が嘲るようにもう一度身を捩《よじ》る。

炎龍の纏う炎の量が増えているような気がした。多分術者の魔力を吸っているのだろう。そして今度こそと言わんばかりにまた、私達の方へ向かってきた。

もう駄目だ――――。

逃げる事が不可能だと悟った私は、少しでも彼のダメージを減らそうとルシウスを抱きしめ、ぎゅっと目を瞑った。彼が死ぬところなど見たくなかった。

それくらいなら自分が傷を負った方がいい。そう思い、身体を固くしたのだが。

――――そっと、まるで安心させるかのように頭を撫でられた。

ルシウスの声が優しく耳元で響く。

「大丈夫だ。君は何も心配しなくていい。……僕に任せておけ」

「え……」

どういう意味だと顔を上げようとする前に、ルシウスは引きつった声で、それでも大音声で叫んでいた。

「イフリートっ!!　あの炎龍を喰らえっ!!」

――――イフリート。

幻とも言われる魔神の名を呼んだルシウスに、力強く応じる声がある。

「応っ！」

短い応えと共に、びゅっと風が吹き抜けた。

私とルシウスの側を、常に彼の近くにいた金目の黒猫――――フレイヤが何故か颯爽《さっそう》と駆け抜けて行く。

宙をまるで地面があるかのように駆けるフレイヤは、その身を一瞬にして変化させていた。

「え――――」

――――その姿は、まるで鬼神のよう。

あの小さな黒猫の姿が嘘のような威圧的な巨軀《きょく》。頭からは太くねじれた二本の角が生えていた。

全身に火炎を纏い、風貌は厳《いか》めしく引き締まり、相対したどんな存在でも裸足《はだし》で逃げだしてしまうような迫力があった。

「な……」

自分の見ているものが信じられず、それでも目を逸らす事ができずただ、イフリートと呼ばれた魔神を見つめる。

イフリートはまっすぐ炎龍に向かい、その身体を片手で鷲掴《わしづか》みにした。そしてまるで赤子の手を捻るかのように簡単に握りつぶしてしまう。

ばしゅっという音がして、炎龍が炎の粒となって飛び散った。

客席に飛び散りそうな勢いに危ないと焦ったが、イフリートはその炎の粒を、両手を広げて全身で吸収していた。

全てを吸収した魔神は、空中に留まる。あまりにも圧倒的な存在感に、闘技場内がしんと静まり返っていた。

そんな中、声を出したのは、その魔神の主。

「よくやった。戻れ、イフリート……げほっ」

「っ！　ルシウスっ！」

彼が咳《せ》き込んだ事で、重度のやけどを負っている事を思い出し、慌てて声を掛ける。一斉に周りから音が戻ってくる。

イフリートが彼の言葉を受けていつもの黒猫に戻り、側へとやってきた。フレイヤに戻った黒猫の頭を一度撫でたルシウスは、荒い息の中、私に向かって確認するように言った。

「無事だな？」

何よりもまず私の身を案じる言葉に、涙が溢れた。止めようもなく、それは筋になって私の頬を伝い、濡らして行く。

「ああ、ああ。お前のお陰だ……」

何度も頷くと、ルシウスはそっと手を伸ばして私の濡れた頬にその掌《てのひら》を当てた。

「そうか……君が無事なら、良かった」

ぱたんと私の頬を撫でていた手が落ちる。

「ルシウスっ‼」

限界だったのだろう。ルシウスは気絶していた。

酷い怪我をしているくせに、召喚獣を使ってまで私を助けてくれたのだ。気力が尽きたとしても当然だった。

炎龍にやられた傷が全身にひろがっている。あちらこちらに見られる重度のやけどに裂傷。服は裂け、ボロボロ。そんな中で彼は自らを省みず、私を救ってくれた。

……彼に、私は何を返せるだろう。

「……決めた」

無意識に拳を握った。

彼の怪我の様子では、治癒系上級魔法も役に立たないだろう。それでも彼を絶対に救ってみせる。

回復魔法を得意とするフロレンティーノ神聖王国の王女である私には、彼を助けられる手段が一つだけあった。

涙をぬぐい、未だ呆然としているトビアスとイラーリオに向かって言った。

「お前達、彼を……ルシウスを医務室に運んでくれ」

それを行使する事に、一切の躊躇はなかった。

◇◇◇

二人の手を借り、ルシウスを医務室へと運び入れた。

試合は当然中断。結果がどうなるかはまだわからないが、おそらく試合自体は、しかるべき時期に再試合という事になると思う。

当事者であるテオとレアンドロは、教師達から事情聴取を受ける事になった。

「先輩。メンブラード先輩が目覚めたら、申し訳ありませんでしたとお伝え下さい」

教師と共に医務室を出て行く時、テオは俯きながらもそう言った。憔悴《しょうすい》しきった様子は、見ていて痛々しいものだ。だが、私は首を横に振った。

「……それは私が言うべき事ではないな。ルシウスが目覚めたら、お前自身が彼に伝えればいい」

「はい……。わかりました。レジェス先輩も。本当に申し訳ありませんでした」

「私はいい。まだお前には炎龍の魔法は早かったようだ。よく反省して、次に活《い》かしてくれればそれでいい」

静かにそう伝えると、テオは泣きそうな顔をした。

「許して……くれるんですか。僕がこんな目にあわせたのに」

「許すも何もない。これは不幸な事故だ。さあ、皆出て行ってくれないか。私はこれからある治癒系魔法を彼に試すつもりだ。高い集中力を必要とする魔法だから、できれば彼と二人きりにして欲しい」

「はい」

私がこの学園一の治癒系魔法の使い手である事は広く知れ渡っている。

頷いたテオにレアンドロが「行きましょう」と促し出て行った。他の面々も続く。

扉を閉める際、レアンドロがこちらに向かって、小さくではあるが謝罪するように頭を下げていたのが印象的だった。おそらく彼も当事者の一人として責任を感じていたのだろう。

意識を失い、ベッドの上に横たえられた彼と二人きり。

誰も見ている者がいない中、私は彼の服を丁寧に脱がせ、上半身を裸にした。その裸の胸にそっと手を置き、小さく話しかける。

「ねえ、どうして、助けてくれたの？」

言いながら、自分の中にある魔力を全て、胸に押し当てた手に集めるようにする。

……ルシウスは重傷だ。

このままでは助からない。治癒系の上級魔法を使える私でも彼を癒す事は不可能だ。

普通ならば、それで終わり。ただ、嘆いて、彼が冷たくなるのを、指を咥《くわ》えて見ているしかない。

だが、私には、彼を救える手段がある。

それが、代々この国の王族にだけ伝えられる魔法。その名を『奇跡の魔法』という。

魔力が極端に多い王族しか使う事のできないその魔法は、正に奇跡と呼ぶに相応しいレベルの回復魔法だった。

死んでさえいなければ、どんな瀕死《ひんし》でも救う事ができる。ただこの魔法は、術者の保有する全魔力を使用する。一度使えば、どれ程運が良くても最低数週間は眠り続ける事になるのだ。長ければ数年という例もあるらしい。

究極の回復魔法とも言われるこの魔法は、使う側にとってもリスクが非常に高い魔法だった。

そのため王族がこの魔法を所持している事はかなり高位の者しか知らないし、その魔法を使うか否かもその王族の自己判断に任されている。

——あなたは、そこまでして彼を助けたいの？

ふと、女王でもある母の声が聞こえたような気がした。

私はいったん手を止め、空に向かって静かに口を開く。

なんと言われようと、やめるつもりはなかった。たとえ何年眠り続ける事になろうとも。

彼を、ルシウスを救えるのなら後悔はしないと思った。

「はい、お母様」

ふっと母が笑ったような気配がした。

勿論気のせいだという事はわかっているが、何故か母に背中を押された気がしたのだ。

——頑張りなさい。

そう、言われた気がした。

私は、もう一度ルシウスに向きあった。再び魔力を手に集中させる。

全ての魔力を集めているせいか、全身が酷い脱力感に襲われる。眩暈《めまい》で視界がぼんやりしてくる。

それでも私は魔力を注ぐ事を止めなかった。

「……あなたがどうして私を助けてくれたのかなんて、本当はどうでもいい。理由なんてないのかもしれないし、あるのかもしれない。そんな事はどうでもいいの」

薄れそうになる意識を保つため、自分の想いを思いつくままひたすら吐露する。

こんな時だからこそ、いつもは決して口にできない告白ができた。

「あなたがこんな酷い目にあっているというのに、助けてもらえて私は嬉しかった。本当最低な女でしょう？　あなたが生死の境をさまようような大けがをしているというのに、私は嬉しいって思っていたのよ、ルシウス」

集まってきた魔力を少しずつ癒しの力へと変換して行く。

いつもの単なる変換ではなく、全てを癒すための力へと、ワンランク上の力へ魔力を変質させて行くのだ。

片手は胸に当てたまま、もう片方の手で彼の髪を撫でた。さらさらした柔らかいプラチナブロンドが気持ち良い。

この髪にも触れる事は多分もうないのだろうなと思うと、名残惜しく思えてくる。

「助けてくれてありがとう。本当に嬉しかった。でも、同時にすごく苦しかった。あなたが重傷を負ってしまって……自分が死んだ方がマシだって思った」

私の手からルシウスに癒しの力が流れ込んでいく。

魔法がじわじわとルシウスに沁《し》み込み、やがてルシウスはうっすらと白く輝き始めた。

私は微笑みながらルシウスに囁き続ける。

「今度は私があなたを助ける。これは自己犠牲なんかじゃないわ。私がしたいからするだけ。あなたが目覚めた時、私は眠りについている。あなたは私の正体を知っているから私が何をしたのか気づくでしょうね。でも、気にしないで。国に帰って、幸せになって。それ以上、私は何も望まない

から」

白い光がルシウスの全身を覆う。

光はどんどん強くなって行き、やがてまばゆいくらいにまで成長した。

――ああ、これでルシウスは助かる。

後は最後の一押しだけだ。最後のステップを踏めば、彼は助かる。

私はルシウスに顔をそっと近づけた。

魔法の発動のためなのだが、考えてみれば、自分からキスをするのはこれが初めてかもしれない。

唇に触れるか触れないか、そのぎりぎりのところで止まり、そんな事を思った。

至近距離のルシウス。

こんな近くで見ても、やっぱり彼はとても綺麗だ。

私は想いを込めて言った。絶対に言うつもりのなかった言葉を。

聞かれていないとわかっているからこそ、勇気を出して伝える事ができた。

「大好き、ルシウス。目が覚めたら、多分私は王子に嫁ぐ事になると思うけど、それでも私の心は永遠にあなただけのもの。何があっても、ずっと変わらずあなたの事を愛してる」

そうして彼の薄い唇に、そっと自らのものを重ねた。

その瞬間、ルシウスにしみ込んだ魔力が大きな白い光の繭となって彼の全身を包み込む。

それを確認し、私は彼から離れてほうっと息を吐いた。

大丈夫だ。魔法は成功した。これで後数分もすれば治癒は完了し繭が割れ、ルシウスは目を覚ますだろう。何も問題はない。

彼を無事、助ける事ができたのだ。

「よかった……幸せに、なってね」

満足した私は心の底から笑みを浮かべ、身体の奥底からやってきた抗《あらが》いがたい睡魔に素直に身をゆだねる事にした。

いつ、目覚めるかはわからない。

だから、彼に会う事は多分もうないけれど、絶対に後悔はしないと最後に思った。

間章　ルシウス3

――――身体が動かない。

酷いやけどによるショックで意識を失ってしまった僕は、それでも医務室に運ばれる頃にはなんとか意識を取り戻していた。

とは言っても意識があるだけで、しゃべる事も、自由に動く事もできない。

目すら閉じたままで、ぼんやりと外の音が聞こえるくらいだ。

そんな中、僕の意識は聞こえてきた柔らかい声に反応した。

僕の大好きな人の声。

アリシアだ。アリシアが何か言っている。

目を閉じているので今自分が置かれている状況もわからないし、彼女自身小さく呟いているだけなので、話す内容も良くは聞き取れない。

目を開けて、彼女の顔を見たいのにそれすら叶わず、とても辛い。

それどころかせっかく戻った意識も油断をすればまた持って行かれそうで、それに抗うだけで精いっぱいだった。

それでも従う訳にはいかない。

多分、今度これに従ったら僕に待っているのは死なのだろう。誰に教えられた訳でもなく、それを理解していた。

そんな中、急に身体がふわりと軽くなった気がした。

何事かと思った時に聞こえた彼女の言葉。その内容に、一瞬息が止まった。でも、その後に訪れたのは紛う事なき歓喜。

「大好き、ルシウス。目が覚めたら、多分私は王子に嫁ぐ事になると思うけど、それでも私の心は永遠にあなただけのもの。何があっても、ずっと変わらずあなたの事を愛してる」

彼女の深く想いの込められた言葉が徐々に浸透し、じわじわと胸の奥が温かくなってくる。

——僕もだ、アリシア。君が無事で本当に良かった。

君を救えたのなら、このまま死んでしまったとしても後悔なんてしない。

それくらい、君の事を愛している。

手を伸ばしたい。伸ばして彼女の頬に触れたい。

そう思うのに、残念な事に身体は全く動かない。やきもきしていると、唇に柔らかい熱を感じた。

間違いなく、彼女の唇の感触。

疑問に思う暇もなかった。

それを感じた瞬間、唇を通して僕の身体の中に温かなものが流れ始めてきたのだ。それは活力となり、僕の痛みを取り、僕を深い闇の底へと連れて行こうとしていた何かから力強く引き離していった。

何が起こったのかわからず、不思議な気持ちで目を開けた。同時にぱんっと柔らかい音が聞こえ、僕の全身を覆っていた白い繭が、光を弾けさせながら割れ、そして消えた。

――身体が動く。どこも痛くも熱くもない。

「これ……は？」

恐る恐る身体を起こす。

周りの様子から、やはり自分が医務室に運ばれていたらしいという事がわかった。

自らの身体を見下ろす。服は焼け焦げ、ボロボロになってはいたけれど、身体自体は全くいつも通りの状態だった。

――ありえない。

僕は、炎龍の攻撃を受けて全身にやけどを負った。いくら上級魔法を使っても、こんな風に何事もなかったかのように治るなんてある筈がなかった。

不可思議な現象を訝しみ……直後僕が眠っていたベッドの側で青白い顔をして倒れている彼女を見つけて、驚愕のあまりもう一度卒倒しそうになった。

「……アリシアっ⁉」

慌ててベッドから飛びおりて、彼女を抱き起こす。

だが、彼女は目を覚まさない。揺すっても、軽く叩いても、何をしても彼女は全く目覚める気配を見せなかった。

「何故……どうして？」

何が起こったのかわからない。ただ彼女が息をしている事だけが救いだった。

呼吸に一切の乱れはない。傍から見れば、ただ眠っているだけのようにも思える。

それでも言い知れぬ不安を覚えて、何度も彼女の名を呼んでしまう。

「アリシアっ！　アリシア、目を開けてくれっ！」

呼びかけても彼女は目を覚まさない。

酷い焦燥感に駆られ、何度も彼女の身体を揺すった。

そこへ静かな声が降りそそぐ。困ったような大人の女性の声。

「申し訳ないのだけれど、静かに眠らせてあげてくれないかしら」

「っ！　女王陛下……」

弾かれたように顔を上げる。扉が開いた音にも全く気づかなかった。

いつの間にか部屋の中にいたのは、アリシアの母でもあるこの国の女王と……兄の王太子、レンブラントだった。

女王は優雅な動きでこちらに歩み寄ると膝をついて、彼女の頬をそっと撫でた。

まるで彼女の状態を確認するような仕草に首をかしげる。全く焦る様子のない女王の態度が気になった。

女王は一つ頷くと僕に向かって口を開いた。

「この子、あなたのためにって王族のみに許された奇跡の魔法を使ったのよ。だから目を覚まさないのも当然」

「奇跡の……まさか！」

女王の言葉に、思い当たる節があった。

フロレンティーノ神聖王国の王族のみが使えるとされる最高峰の回復魔法。

奇跡の魔法と呼ばれるその魔法は、どんな傷でも癒す事のできる究極の回復魔法として各国の上層部に知れ渡っていた。

ただし、その魔法は強大な効能を持つ代わりに、対価として、使用者を深い眠りの世界へと誘《いざな》う。早ければ数週間。酷い時には数年もの間、決して目を覚ます事はないのだ。

非常にリスクの高い魔法である事から、使用者の意思が最大限に尊重されるという話だった。

「あら、さすがに知っていたわね」

僕の顔色が変わったのを見て、くすりと美しく笑んだ女王は、僕が抱きかかえるアリシアへと視線を戻した。

「使うだろうとは思ったけれど、まさかここまで躊躇しないとは思わなかったわ。一瞬も迷わなかったわね、アリシア。偉いわ。私はあなたを誇りに思います」

「女王……陛下」

喉が、からからだ。

彼女が奇跡の魔法を使ってまで僕を助けてくれた。その事は理解した。

だけど、どうして。

せっかく彼女を助けたのに、どうして自ら眠りにつくような真似をしたのか。

僕はそんな事望んでいない。彼女が無事であればそれで十分だったのに。

いつ覚めるともわからない永い眠りについてしまっては意味がないではないか――――！

彼女をぎゅっと抱きしめる。

その時ふと、彼女がおそらく魔法を使った際に言ったであろう言葉が脳裏に蘇った。

――――愛している。

僕がどうしても言えなかったその一言を、彼女が言ってくれた事を思い出し、胸が苦しくなる。

アリシアが、僕を好いてくれている事は、彼女と仲直りした時にはさすがにわかっていた。

彼女が僕に言ってくれた言葉を鑑みるに、さすがにどう考えてもそうだとしか思えなかったからだ。

あんな酷い事をしたのに、嫌じゃなくて……また似たような事をされてもいいと思ってくれているのだ。それ以外考えられない。

嬉しかった。

彼女からもう嫌われてしまったと思い込んでいたから余計に嬉しかった。

でも、だからこそ思ってしまった。

せっかく彼女に好いてもらえたけれど、近い将来、僕は確実に嫌われてしまう。

それは予測ではない。確定した事実だ。

それならばせめて今くらいは――――。

お互い事情で「好きだ」と言葉にする事はできないけれど、それでもほんの少しだけでも幸せな時間に浸りたい。そう思ってしまったのだ。

好かれていると確信できれば多少大胆な行動もとる事ができる。

いつもいらいらさせられていた執行部の面々に見せつけるのは酷く気分が良かった。

彼女が否定しないのも嬉しかった。

彼女とデートの約束もした。とても楽しみだと思った。

それなのに、その彼女自身が深い眠りについてしまっては、約束を果たす事すらできないではないか。

眠り続ける彼女をじっと見つめ続ける。

僕を助けてくれた愛しい人は、規則正しい寝息を立てている。

本当にただ眠っているだけのように見えた。微動だにしない僕に、女王が告げる。

「娘はこちらで預かります。運が良ければ数週間程度で目覚めるわ。運が悪ければ……数年かかるかもしれないけれど。それでもあなたは待っていてくれるのかしら？」

試すような口調の女王に、即座に頷いた。悩む必要などどこにもなかった。

「勿論です。僕はいつまでも彼女を待つ」

僕の答えを聞き、女王が満足そうに表情を弛《ゆる》めた。

「そう、良かったわ。そうでなければ、あまりにも娘が可哀想だもの」

後はひたすら頭を下げた。

女王は彼女の母だ。娘がこんな事になって、一番苦しいのはきっと彼女だと思ったのだ。

「申し訳ありませんでした。僕のせいで彼女は……」

頭を下げたまま謝罪すれば、女王はくすくすと楽しそうに笑った。

「あら、それはいいのよ。全てはこの子の意思だもの。そうでないとこの魔法は発動しないし、成功しないわ。うふふ。でもこの分なら心配しなくても意外に早く目を覚ますかもしれないわねえ。さ、レン。アリシアを運んで頂戴」

「母上……」

女王の後ろで、今までの流れをじっと見守っていた王太子が額を押さえる。

「私が運んでどうするんですか。アリシアは正体を隠しているのでしょう？　私が抱きかかえて行ったらそれだけで大問題ですよ」

「そういえばそうだったわね……」

困ったわと頬に手を当てて首をかしげる女王に、静かに手を挙げた。

「僕で宜しければ」

「あらそう？　お願いできる？」

「勿論です」

というか最初から、王太子に彼女を運ばせる気などなかった。彼女の身体に異性が触れるのはたとえ身内といえど許せない。

アリシアを横抱きに抱え立ち上がると、僕の側にやってきた王太子が小声で告げた。

「気にするなよ。アリシアは自分の意思で魔法を行使したんだ。お前が苦しむ事をあいつは望んでいない」

気を遣ってくれたのがわかる言葉に、少しだけ口元が緩んだ。

「わかっているさ……レン。僕も、覚悟を決めた。たとえ何年眠り続けようが僕は彼女を待つ」

言うつもりはなかっただろうに、それでも愛していると、僕をずっと想い続けると言ってくれた彼女に、今度こそ応えたいと思った。

彼女の額に小さくキスを落とす。

レンに言った言葉は嘘じゃない。彼女の言葉を聞いて、遅まきながら僕もようやく覚悟を決める事ができたのだ。

彼女に先を越されてしまったのは格好悪いが、僕もまた勇気を出そうと思う。

きっと全てを告白しても彼女は僕を受け入れてくれる。

彼女の言葉と行動が、僕にそう確信させてくれた。

「そうか……」

レンがどこか感慨深げに頷いた。

倒れてからも僕の側を離れなかったフレイヤが、足元で満足げに笑ったような気がした。

◇◇◇

アリシアが眠りについて、二週間が経った。卒業式は来週にせまっている。

慌ただしく執り行われた選挙では、クレスポではなく、別の生徒が執行部長に決まった。

今回の事に責任を感じたクレスポは推薦を断り、出馬を辞退したのだ。

魔法戦の決勝の方はといえば、ファイナリストの二人共が優勝を辞退したため、結局再試合は行われなかった。

今年の優勝者は空白となり、二人は準優勝という事で収まったらしい。

そうやって徐々に学園に日常が戻ってくる中、未だ彼女は一人眠りについていた。

学園は、一応急病という事で処理をしてあるようだ。

だが、彼女が僕を回復させた話は広まっている。奇跡の魔法の事は知らなくても、それでもアリシアが無理に魔法を使い倒れたのだという話は、ほぼ全員の知るところであった。

僕は彼女のいない日常をただ、淡々と過ごしていた。

暇があれば彼女を想い、その回復を祈った。

足しげく彼女の元へ通い、手を握りしめてその日あった出来事を語り聞かせた。

全ての時間を彼女のためだけに使っていた。

そんな時だった。僕が彼らに呼び止められたのは――――。

「少し、よろしいでしょうか」

声を掛けてきたのはアリシアを除く旧執行部役員の面々。

なんの用だと問い掛ければ、話があるから中庭にきて欲しいと言われた。

気乗りはしなかったが、渋々彼らの後について行った。四人とも真剣な顔をしており、断れる雰囲気ではなかったのだ。

無言のまま、ただ草を踏みしめる音だけが響く。

人気のない場所に辿り着いた途端、振り返り、誰よりも先に頭を下げたのがクレスポだった。

「申し訳ありませんでした！」

「は……なんの話だ？」

突然謝罪され、何よりもまず面食らった。よくよく話を聞けば、魔法戦の炎龍の暴走について謝りたかったのだという。

正直、彼の事は別に気にもしていなかった、というか忘れていたくらいなので今更謝られてもどうしていいか対応に困るだけだ。

「別に、謝罪はいらない」

もっと早くイフリートを使えば良かっただけだ。そうすれば僕も怪我を負わず、アリシアに奇跡の魔法なんてものを使わせる必要もなかった。

今回の件は自らの判断ミスが招いた結果だ。言うなれば、自業自得。彼を責める気にはなれなかった。

「話がそれだけなら僕は教室へ戻るが……なんだ、君達は皆クレスポの付添だったのか？」

陰気な顔をした他の三人を揶揄《やゆ》し、教室へ戻ろうとしたところで、カルデロンが引き留めるように口を開いた。

「いえ、どうかお待ち下さい、――――・ルシウス・――――様」

紡がれた名前に、ぴたりと足を止めた。

ゆっくりと振り返ると、四人とも目を逸らさず、しっかりと僕を見つめていた。

肯定も否定もせずただ振り向いただけの僕に、カルデロンはそれでもどこかほっとした顔で話を続ける。

「知らなかった事とはいえ、今までの失礼な態度をお許し下さい。何よりも自分が恥ずかしい。全く気づかなかっただなんて……穴があったら入りたいとはこの事です」

「……どこで気がついた?」

答えなどわかっていたが、それでも一応尋ねた。

「恥ずかしながらあの、召喚獣を見た時です。魔神イフリート。かの契約者の名前を私は知っていました。ですから――――」

「そうか……」

予想通りの答えに頷く。上級貴族の子息である彼らなら、イフリートの名前を知っていてもおかしくはなかった。

僕が肯定したのを受けて、一瞬だけだが彼らは動揺したように目を泳がせた。

カルデロンがごくりと唾を飲み込む音が聞こえた。

「あの……それとレジェスの事なのですが……」

「うん?」

目線だけでその先を促す。

カルデロンは他の三人と顔を見合わせると、一つ頷き僕に向き直った。

「レジェスがあなたを助けるために使った魔法……あれは奇跡の魔法なのではありませんか?」

「……」

答えを返さずじっとカルデロンを見つめる。

彼が何を思ってそれを言い出したのか、その真意が知りたかった。

僕の意図を受け、カルデロンは語り続ける。

「あの日、レジェスはあなたを回復させるためにとある魔法を試すと言っていました。その後、医務室からこぼれ出た眩しいまでの光。あれは以前父に聞いた、王族のみが使えるという奇跡の魔法に相違ありません」

カルデロンの父はこの国の宰相だ。知っていてもおかしくはない。

「……それで?」

「それにあの後、女王陛下が倒れたレジェスを王宮へ連れて行ったとも聞きました。……いくらレジェスが他国の公爵家の子息とはいえ、ただの一生徒のためにする行動だとは思えません」

さすがに優秀なだけあって、その辺りの矛盾には気がついていたらしい。

感心しながら聞いていると、カルデロンは決定的な事を口走りかけた。

「それならレジェスは……いえ、彼《かの》……」

「悪いが、それ以上は言わないでやってくれ」

『彼女』という言葉を使おうとしたカルデロンの声を遮る。

奇跡の魔法を現在王家で使えるのは、女王と王太子、そして王女であるアリシアだけだ。

消去法的に、レジェス・オラーノの正体に行き当たる。

「今回の件は学園理事である女王陛下も、僕も予《あらかじ》め承知していた事だ。何も問題はない。……君達には関係のない話だ」

言い切っておきながら、内心自嘲していた。

……何を言っているのだと、本当は彼らにも関係がある話なのに、と。

だって彼らは、彼女の結婚相手候補だったのだから。

それでもそれを認めたくなくて、気づけばそう口にしていた。

カルデロンが恐縮したように頭を下げる。

「申し訳ありません。出過ぎた真似を。いえ、別にどうこうしようという訳ではないのです。彼が何者だろうと私達は構いません。そんな事はどうでもいい。ただ……あなたに彼《かの》……いえレジェスの事をお願いしたいと思いまして……」

「何？」

思いもしなかった事を言われ、反射的に問い返した。

「君達は皆、レジェスの事が好きだったのではないのか？」

それには即座に全員が頷いた。

それでも――――とカルデロンが言う。

「私達は、レジェスの身に危険が迫っても、助けるどころか動く事すらできませんでした。レジェスの事を、身を挺《てい》してまで庇《かば》ったあなたとは違う。あなたは己の素性が割れるのも覚悟の上で彼を助けたというのに私は……いえ、私達は」

悔しそうに俯いたカルデロンに代わってアルバが言った。

「オレも、側にいたのに……見ているだけしかできませんでした。レジェスを庇ったあなたを見て……敵《かな》わないと思いました。正直、想いを振りかざす事しかできなかった自分が恥ずかしい」

他の二人も同意するように頷いた。

全員が揃って頭を下げる。もう一度カルデロンが言った。

「私達では駄目なのです。それが今回の事で良くわかりました。ルシウス様、レジェスを、どうか宜しくお願いします。それが私達の願いです」

「……」

なんとも言えない気持ちで頭を下げ続ける彼らを眺めた。

彼らもずっとアリシアの事を好きだった。

おそらく、今も。

それでも僕に彼女を託そうとする彼らの潔いまでの態度に、僕もまた応えなくてはならないと強く思った。

「わかった」

短く、だが、決意を込めて頷く。

最初から誰にも彼女を渡すつもりなんてなかった。それでも――――。

「ありがとうございます」

顔を上げた四人は皆、どこか安堵したように笑っていた。

そんな彼らを見て、彼ら四人を執行部の役員に選んだアリシアの目が正しかった事を、僕はようやく認める事ができた。

◇◇◇

「宜しく、だってよ。認められて良かったな、主」

彼らが去った後一人中庭に残っていると、側の立木の枝の上から一連の流れを、文字通り高みの見物していたフレイヤが下りてきた。

「覗き見とは趣味が悪い」

眉を顰めそう窘《たしな》めると「悪い」とだけ、全然悪くなさそうな声で返ってきた。

「やー、でも主の正体もばれてしまったな」

「いいさ。気づく者は気づくだろうし、どうせ後少しで卒業なんだ。そう支障もないだろう」

彼らはきっと余計な事は言わない。

今回彼らと話した事で、僕もまた彼らの人間性を信用するようになっていた。

肩を竦め、そう答えた僕にフレイヤがおかしそうに笑う。

「なんだ？」

「いいや、あれだけお互い嫌いあっていたくせに、わからないものだなと思ってさ。……やっぱり人間は興味が尽きない」

人間を近くで観察したい――。

そう言って昔僕と契約する事に同意したフレイヤは満足そうに笑う。

小さな猫の姿をしていても彼の本性は魔神。僕の本来抱える膨大な魔力の殆どを持って行ってしまう存在なのだ。

お陰で僕は碌な魔法を使えない。それでも、自分の選択を一度たりとて後悔した事はないが。

「それで？　一体お前は何をしにきたんだ。アリシアについて様子を見ていろと言っておいただろう」

先ほどから彼がここにいるのはわかっていた。

だが、彼には命じてあった筈なのだ。

アリシアを守るようにと。

王宮の奥で眠る彼女に何かあるとは思わないが、それでも次何かあれば、今度こそ僕は自分を許せない。

わざわざ女王に許可をもらい、彼女の部屋を警護する任を与えておいた筈なのに、どうしてフレイヤはここにいるのか。

僕の疑問にフレイヤは、「ああ」と如何にも今思い出したかのように言った。

「そうだそうだ。主に報告があったんだ。だから別に俺はサボっていた訳じゃないんだ。声を掛けようとしたらあいつらと一緒にいる主を発見したからついでに見物していただけで、わざと何も言わなかった訳じゃない」

言い訳がましく言葉を並べ立てるフレイヤを睨む。

こいつは一体何が言いたいんだ。

「御託は良い。それで？　結局お前は何を伝えにきたんだ。大した用じゃないのなら、さっさとアリシアのところへ戻れ」

「……本当、主はお姫様の事が好きだよなあ」

「うるさい。さっさと言え」

そんな事、フレイヤに言われなくても自覚している。

むすっとした僕を楽しそうに見上げたフレイヤは、少し間を置いてから「では」、とわざとらしく前置きをした。

「そのお姫様だがな。……ついさっき、目覚めたぞ」

「は？」

フレイヤの言葉に目を丸くした。

彼女が目覚めた？

下手をすれば数年は目を覚まさないと言われていた彼女が、ほんの数週間で？

喜びよりも疑念の方が大きくて、ついフレイヤを睨みつけてしまう。

「嘘じゃないだろうな」

僕の言葉にフレイヤは心底呆れたという目を向けてきた。

「主相手に契約獣が嘘をつけるかよ。一番知っているのは主だろうがよ……」

「そうか……そうだったな。すまない……」

「動揺し過ぎ……。まあ、それだけ心配だったって事だから良いけどな。お姫様、元気そうだったぜ」

「……良かった」

フレイヤからアリシアの詳しい話を聞き、彼女が目覚めたという事をようやく事実として実感する。圧倒的な歓喜が体中を満たして行く。

表情を弛めた僕にフレイヤが聞いてきた。

「行くんだろ？　お姫様、主の事を待ってるぜ」

「……そうだな、いや――――」

本当は今すぐ彼女に会いに行きたい。会って思い切り抱きしめたい。

だが、彼女が目覚めたというのなら、僕には先にやるべき事があった。

「残念だが、今は行けない」

「ん？　どういう意味だ」

それ以上フレイヤの疑問には答えず、僕は正門に向かって歩きだした。

これから自分がしなければならない事を脳裏にピックアップする。

アリシアが目覚めたのが思った以上に早かったから、多分当初の予定通り事は進むだろう。元々殆どの準備は終わらせている。後残っているのは――――。

「主、俺はどうすればいい？」

僕の後を追ってきたフレイヤの質問に、迷わず答えた。

「お前は引き続き、アリシアを警護しろ。――――僕の大切な人だ」

「あいよ」

僕の命令を受けて、フレイヤがその姿を消す。

歩きながら、少しだけ空を見上げた。

王宮がある方角。思っていたよりも、随分と早く目覚めてくれた彼女が今いる場所。

心の中で彼女に呼びかける。

アリシア――――、もう少し待っていてくれ。

準備を整えたら必ず、君を迎えに行く。

第五章　明かされた真実

今日は王立魔法学園の卒業式。

ようやく外出を許可された私は、これで最後だからと頼み込み、卒業式の参加を許され学園に登校していた。

◇◇◇

奇跡の魔法を使ってから二週間という記録的に短い期間で目が覚めた私は、それから一週間かけて体調を整えていった。

ずっと部屋に閉じ込められて、まずい薬湯を飲まされ続けた甲斐《かい》もあり、今日の私の体調は絶好調。魔力も元通りに回復した。

――あれから、ルシウスとは会っていない。

私が眠っている間、ずっと彼の契約獣が私を警護してくれていた事は聞いている。だが、彼自身は私が目覚めてから一度も会いに来てくれていないのだ。

せっかく目覚めたのだ。

それなら一目で良いから元気になった彼を見たかったのに、やはり責任を感じさせてしまったのだろうか。

私が勝手にやった事だから気にしないで欲しいのに。

そういう事情もあって、どうしても最後に彼に会いたかった私は無理を言って、今日の卒業式にやってきたのだ。

とは言っても、着いた時には肝心の卒業式はとうに始まっていて、今更参加できる雰囲気でもなかった。それならと思い、学生寮の方にも回ってみたが、既に荷物は引き揚げられ、部屋はからっぽ。がらんとした室内は、酷くもの寂しく感じた。

しかしこうなってしまうと、本当に何もできる事がない。

仕方なく教員室で卒業証書だけを受け取り、卒業生が出てくるまでの間、散歩でもしながら待つ事にした。誰もいない中庭を一人のんびりと歩く。

後で個人的にルシウスを探して、声を掛けるつもりだった。

今を逃せば、もう機会はない。

だって私は――――卒業式が終われば、約束通りフェルナン王子に嫁ぐから。

今朝も母に最終確認をされ、頷いてきたばかりだ。

「今日の卒業式が終われば、あなたはフェルナン王子に嫁ぐのよ。それで良いのね?」

「はい、お母様。私は賭けの条件を満たせませんでした。約束通りフェルナン王子に嫁ぎます」

静かに首肯した私を見て、母が「あらあら」と笑った。

「あれだけ嫌がっていたのに、どういう風の吹き回しかしら。あなたも少しは大人になったという事なのかしらね。大丈夫よ。優しい方だからきっとあなたは幸せになれるわ」

「はい」

前世の記憶に目覚めた時に決めていた事だ。

卒業までは自由にする。その代わり、その後は王女としての義務を果たす。母の言う通りにしよう、と。

「レジェス！」

背後から声を掛けられ振り返ると、そこには卒業証書を持ったレアンドロ、トビアス、イラーリオと見送りにきたであろうテオが立っていた。彼らを認め、私はゆったりとした笑みを浮かべた。

「……ああ、お前達か。よく私がここにいるとわかったな」

「体調が回復された事は聞いていました。きっと卒業式にはいらっしゃると信じていましたから……探しました」

テオの言葉に、そうか、と返しながら三人に祝辞の言葉を述べた。

「卒業おめでとう」

素直にそう伝えると、三人は一斉に泣きそうな顔をした。

在校生であるテオが一歩前に出て、私に言う。

「どうせなら、卒業式に参加すれば宜しかったのに。皆、あなたを待っていたんですよ？」

「すまない。私もそうしたかったんだが、着いた時にはもう式は始まっていたからな。途中参加というのもなんだから、遠慮させてもらった。それでも証書はもらえたし、私も晴れて卒業生という訳だ」

「そうだったんですか。先輩、卒業おめでとうございます。……回復されたと聞きましたが、まだ具合が悪いのですか？」

心配そうに聞いてくるテオ。

他の三人も案じるような視線を向けてくる。彼らには本当に良くしてもらった。

色々あったが、終わってみれば全てが良い思い出のように思えるから不思議だ。

彼らがいつヤンデレに変貌するかと怯えていた日々も、今となっては懐かしい。

「いや、大事を取っていただけだ。完全に回復した。何も問題はない。最後にお前達に会えて良かったよ」

そう伝えると、彼らは一様に不思議そうな顔をした。

「最後にって……どういう事ですか？」

「まあ、詳細は語れないんだが、色々あってだな、私は近々隣国へ向かう事になっている。この国へ戻ってくる事は、多分もうないと思うからお前達とはこれでお別れだ」

「隣国へ……」

「そうだ」

さすがに結婚するとは言えない。

もう戻らないと言った私に彼らは一瞬驚きの顔を浮かべたが、すぐに得心したように笑った。それが、どこか憑《つ》き物が落ちたような表情にも見え、訝しく思った。

「お前達？」

声を掛けると、今度はレアンドロが口を開いた。

「そうですか。わかりました。……今までお世話になりました。どうか隣国へ行かれてもお幸せに。私達はいつでもあなたの幸せを祈っています」

「レアンドロの言う通りだ。これはオレ達全員の総意だ。レジェス……幸せになれ」

続けてイラーリオまでがそんな事を言う。

まるで嫁に行くのがばれているみたいだと思いかけ、いやいやと首を振った。

だ、大丈夫だ。きっとまだばれていない、筈。

私は何もミスを犯していない……筈。

内心ドキドキしながらも礼を言った。

「あ、ああ。ありがとう」

ふと、後方を振り返ったトビアスが、両手を頭の後ろで組んだポーズで言った。

「おっと、ようやく本命が来たぜ。あいつも探していたんだろうな。ま、正直ちょーっと癪《しゃく》だけど、俺達はこれで去るから。……今までサンキュー、レジェス。……元気で。またな」

「え……」

本命？　それは一体なんの事だと困惑する私にひらひらと手を振り、トビアスがやってきた側とは別の方向へ歩きだす。

他の三人もそれに続く。彼らは最後まで一度も私を振り返らなかった。

「……」

あまりにも呆気ない終わり。

今まで執着を見せていた彼らとはまるで別人のようだった。

「……そうか」

ふと、思った。

もうここは私の知る『君を取り巻く世界』ではないのかもしれない、と。

いいや、もしかしたら初めから違っていたのかもしれない。

考えてみれば当たり前だ。何一つ、私の知るＢＬ展開など起こらなかったのだから。

とは言っても、私が知っているのは三年の前半部分でしかなかったから、本当は違うのかもしれないが。

でも、それならそれでいいと思った。

そのままなんとなく去りゆく彼らの後ろ姿を視線で追っていると、私が目覚めてからずっと聞きたかった声が、すぐ近くで私の名前を呼んだ。

「アリシア……」

ルシウスだ。

その声を聞き、トビアスの言った『本命』というのがルシウスの事であると、遅まきながらも気がつく。

彼らが気を利かせて去ってくれたのだという事がわかり、嬉しいと思いながらも恥ずかしくなった。

でも、これでルシウスと会うのは最後なのだ。

最後に彼の姿を目に焼きつけておきたいと思い、私は万感の思いを込めてその名を呼んだ。

「ルシウス、久しぶり」

ゆっくりと彼の方を向く。

およそ三週間ぶりに目にする愛しい人の姿。

目にするだけで、やはり心がときめいてしまう。

相変わらずの切れ長の紫水晶のような瞳に、プラチナブロンドの艶めく髪。

たった三週間しか経っていないのに、彼の面差しは以前見た時よりも精悍《せいかん》なものに変化しているように思えた。足元にはいつも通り、彼の契約獣であるフレイヤを連れている。

「私が目覚める前、ずっとついていてくれたって聞いたわ。目が覚めたのは知っていたのでしょう？　どうせならきてくれれば良かったのに」

そのつもりはなかったのに真っ先に恨み言を言ってしまった自分に内心へこむ。

これで最後だというのに、喧嘩して終わりたくなんかない。そう思っているのに。

だが、いつもなら言い返してくる筈の彼は、優しい笑みを浮かべながら黙って私を引き寄せただけだった。

「え……」

ルシウスは柔らかく言葉を紡ぐ。

「悪かった。……僕の方にも準備があったんだ」

「じゅん……び？」

「ああ」

ぎゅっと抱きしめられる。その声の温度には聞き覚えがあった。あの、魔法戦を一緒に観戦していた時のルシウスと一緒だ。

優しく甘く接してくれた彼を思い出し、そして彼がまだそうやって私を抱きしめてくれる事に、深く充足した。

ああ……もう十分だ。

改めてそう、思った。

これだけで私は、何も思い残す事なくフェルナン王子へと嫁いでいける。

ゆっくりと私を離したルシウスが、私の正面に立つ。

その表情にはどこか余裕めいたものが見えた。

「アリシア」

もう一度名を呼ばれる。それに応えるように私は彼と視線を合わせた。

ルシウスが確認を取るように静かに問い掛けてくる。

「君は、これからどうするつもりだ」

事情を知っている彼らしい問い掛けだが、私は揺るがなかった。

「予定通りフェルナン王子に嫁ぐわ。あなたにはずっと言っていたでしょう？」

微笑みさえ浮かべながら言ったのだが、それはルシウスの次の言葉で全て吹き飛ばされた。

「へえ？　君は僕の事が好きなのに？」

「なっ⁉」

いきなり図星を刺され、言葉を失った。

何を言い出すのかと驚愕のままルシウスを見つめると、彼はなんでもない事のように言ってのけた。

「君が奇跡の魔法を使った時に、言っていたじゃないか。僕の事が好きだって。ちゃんとこの耳で聞いたぞ」

「う、嘘⁉　あれって聞こえていたの⁉」

てっきり気絶しているものだとばかり思っていた。

聞かれていないと思ったからこそ告げる事ができた言葉なのに、ばっちり聞かれていてしかも覚えられているとか羞恥プレイ過ぎる。

どこか深い穴にでも埋まりたくなった私にルシウスが止《とど》めを刺す。

「えーと、確か王子に嫁いでも君の心は僕のものだとか……」

「やめてえええええ‼」

がばっとルシウスの口を両手で押さえた。

半泣き状態の私に、彼は喜悦の笑みを浮かべながら手をどけさせる。

「別に焦る必要ないじゃないか。……僕は嬉しかったし」

「え」

驚いてルシウスの顔を見つめると、彼は真顔に戻って再度尋ねてきた。

「最後にもう一度だけ聞く。アリシア、君の選択はそれで良いのか。本当にそれで後悔しないいんだな？」

「ええ」

彼の視線を真っ直ぐに受け止め、真剣に頷いた。

たとえ彼に私の想いを聞かれていようと結論は変わらない。

受け入れてもらえたとしても、私達に未来はない。

それは、とうの昔に出した結論だ。

ルシウスが一言「そうか」とだけ言い、口を噤んだ。

そんな彼の姿を目に焼きつけるようにしながら、私は彼に最後の挨拶を告げる。

恥ずかしかったけれど、最終的には私の気持ちを伝える事ができて良かったのかもしれない。

「今までありがとう、ルシウス。私、あなたに会えて良かった。もう会えなくなるけど、あなたの事は忘れないから……ってルシウス？」

別れの挨拶をしている途中にぐいっと手を引かれた。

突然の行動に反応できない私を引っぱり、ルシウスは無言で歩きだす。

力を込めて握られているので振り払う事もできず、ただルシウスに引きずられるように歩くしかなかった。

「ちょ、ちょっとルシウス！　何？　どこへ行くの？」

「うるさい。いいから黙ってついてこい。すぐにわかる」

「何が！」

彼の行動が読めない。

それでもそれ以上は頑として口を開かない彼の様子に、私は諦めてついて行く事に決めた。

どうせこの後は二度と会えないのだ。ぎりぎりまで彼に付き合ったって許されるだろう。

私だって少しでも長い間、彼と一緒にいたいのだから。

ぐいぐいと強引に私を引っぱってきた彼は、やがて魔法学園の裏門まで私を連れてきた。

他の生徒達は、皆正門の方に集まっているので誰もいない。

私が先ほど馬車に乗ってやってきた場所でもあった。

今は門の前に煌《きら》びやかな装飾が施された馬車が、一台だけ止まっている。

私が乗ってきたものとは違う馬車。

近くまで連れてこられて、この馬車に乗せられるのだと気づく。

さすがにそれはまずいと思い抵抗しようとしたが、馬車に掲げられた紋章を目にして、私の動きは止まってしまった。

「え……」

目の前に堂々と掲げられた紋章は、一人の召喚士が杖《つえ》を掲げる姿をモチーフとしたもの。

それがどこの紋章で、誰が使用する事を許されるのかを勿論私は知っていた。

どうしてその紋章が目の前にあるのかわからず、私はただルシウスを凝視した。

「……どういう事？」

「これを見てもまだ気がつかないのか。そうだとは思っていたが、やはり君は鈍いな」

「え……だってこれ、隣国の、エステバン王国の王家の紋章……。その馬車をどうしてルシウスが？」

ルシウスはメンブラード公爵家の子息だ。王家に連なる家ではあるが、王家の紋章が掲げられた馬車を使っていい筈がない。

おろおろとする私をルシウスが宥めるように抱きしめる。

「冷静になれ、アリシア。少し考えればわかる事だろう。全く……さすがにまだ気づかないとは僕も思わなかったぞ。あの四人はすぐに気がついたっていうのに……」

ぼやくように言われても、さっぱりわからない。

混乱した頭にルシウスの言葉だけが響く。

「王家の紋章を掲げる馬車に、王家の人間以外が乗れる訳がない。その通りだ。それなら僕が乗れる理由はなんだ？　その資格があるからと考えるのが普通じゃないか？」

「資格……？」

「そうだ、良く考えろ。君は見ただろう。僕の契約獣の本来の姿を。あれを見て本当に君は何も思わなかったのか？」

次々とヒントらしき言葉をくれるルシウスに、私は彼の腕の中で必死に考えた。

正直、彼の契約獣の正体の事などすっかり忘れていた。それどころではなかったからだ。

目覚めてからはルシウスに会いたいという事しか頭になかった私が、真面目にそんな事を考えている筈がないのだ。

それでも彼の言葉を受けて考えてみる。

彼の黒猫――フレイヤの正体、それを確かに私は目の前で見た。

筋骨隆々とした二本の角が生えた魔神。イフリートと呼ばれた魔神こそが彼の本来の姿だったのだ。

「ん？　イフリート？　魔神？」

そこでようやくおかしな事に気づく。

いわゆる魔神と呼ばれるような高位の召喚獣と契約できているのは、エステバン王国では今現在、一人だけだ。

それは太っているとか、醜いだとか噂の絶えない、私の婚約者であるフェルナン王子その人の筈で。

横づけられた王家専用の馬車。

そしてルシウスの契約獣が魔神であるという事。

でも、魔神と契約しているのはフェルナン王子だけだというどうにもできない事実。

それが意味するのは――――。

「え……」

「はあ……ようやく気づいたか」

自分の到達した結論に吃驚《きつきょう》し、顔を上げて私を抱きしめるルシウスと目を合わせる。

彼は、困ったように、それでも優しく笑っていた。

「うそ……」

驚きのあまり二の句が継げない。

信じられなくて、でも彼の表情から私の出した結論が間違っていない事がわかって、余計に混乱する。私は思い切り叫んだ。

「ルシウスがフェルナン王子だったの⁉」

「だから君は鈍いって言ったんだ。魔神と契約しているのが誰かを知っていて、その上でアレを見て気づかなかったのなんて多分君くらいだぞ。本当に自分の事になると、とことんまで鈍さを発揮するな」

呆れたように肯定するルシウス。それでも私は納得できなかった。

「でも、でも名前！　メンブラードって！」

「君と同じ方法だ。僕の場合は実際に存在する従兄弟《いとこ》の家名を借りている。僕の本当の名前は、フェルナン・ルシウス・エステバン。別に偽名を名乗っていた訳じゃない」

「あ……」

フェルナン王子のミドルネームを思い出し、私は絶句した。

どうして今まで気がつかなかったのだろう。ルシウスの言う通り、普通に気づいてしかるべきだ。

彼のフルネームも、そして契約獣の事も私は最初から情報として持っていたのだから。

あまりの自分の馬鹿さ加減に項垂れていると、ルシウスは私の顔を上げさせて言った。

「とりあえず馬車に乗れ。話は馬車の中でいくらでもしてやるから」

「どこへ行くの？」

本気でわからなくて尋ねたのだが、彼は今度こそ心底呆れたというようにため息をついた。

「アリシア……君はさっき自分で言った事も忘れたのか。卒業式が終わったら君は隣国の王子と結婚するんだろ。……エステバン王国に連れて行くに決まっている」

「え……」

「その様子じゃまだわかっていないな。……君の結婚相手は僕だ。こうなったからには、君を逃がすつもりなんてないから覚悟するんだな」

「……」

にやりと笑われ、どくんと心臓が大きく跳ねた。

とてつもなく馬鹿な話ではあるが、ここに至って、私はようやく本当に理解したのだ。

自分の結婚相手が他でもない、誰よりも望んだ彼であった事を。

「ほん……とうに……!?」

まだ信じられなくて尋ねる私に、ルシウスが言う。

「疑い深いな。僕がエステバンの王子だって事は君も納得したんだろ？」

「だって、だってまさかルシウスと結婚できるなんて思っていなかったから！」

もし知っていたら、こんなに悩んだりしなかった。

未来がない――――。そう思い、この気持ちに蓋をし続けてきたのだから。

ルシウスが目を細める。

「……そうだな。僕は君にずっと言わなかったから。それでもこれで偽りの関係は終わりだ。さあアリシア、馬車に乗ってくれ。君を僕の国へ連れて帰りたい。そのために迎えにきたんだ」

いつの間にか溢れていた涙を拭われる。

私は、嗚咽の混じった声で頷いた。

「……はい」

後はもう、言葉にならなかった。

驚きと、感動と、嬉しさと、訳のわからない感情が全部一緒くたになって私を襲う。

それでもやっぱり一番は歓喜で、私はルシウスに強く抱き着いて思い切り泣きじゃくったのであった。

◇◇◇

なんとか落ち着きを取り戻し、馬車に乗せられた私は、ルシウスと隣り合わせで座っていた。

ルシウスがそうさせたのもあるし、何より私自身彼と離れたくなかったからだ。

座ってからずっと、私の右手は彼の左手と繋がっている。時折ぎゅっと強く握られ、その度に気恥ずかしく、でもそれ以上に幸福を感じていた。

馬車に乗り込む際、ルシウスはフレイヤを御者席へと追いやっていた。

彼曰く「君と二人きりで話したいから」との事だったのだが、そう思ってくれた事が嬉しかった。

馬車が軽快にエステバン王国へ向かって走る中、彼は私に事の真相を全て話してくれた。

「……始まりは、君の母親、つまり女王からの婚約打診だった」

馬車の壁を眺めながらルシウスは思い出すように、一つ一つ順序立てて話して行く。

「元々僕はまだ結婚する気なんてなかった。それに僕の見た目で寄ってくる女達にはうんざりしていたからな。だから故意に酷い噂を流していたのだけれど、それでも婚約を打診してきた君の国に興味を持った」

「……その噂、私も知っていたわ」

ルシウスの話に相槌《あいづち》を打つ。あの酷い噂を流したのが彼本人だったとは勿論知らなかったが。

咎める口ぶりの私を、ルシウスが軽く笑って受け流す。

「だろうな。だからこそ、君は女王との賭けを受けたんだろう？」

さらりと告げられた言葉に、目を見張った。

「賭けの事も知っていたの？」

「勿論。僕が内密に女王と面会した時、君はもう学園に転入していた。僕の婚約者は、僕と結婚したくないあまり、わざわざ男装して結婚相手を見繕いに行っただなんて言うじゃないか。……それで、少しだけ君に興味が湧いた。僕と結婚させられるお姫様はどんな子なのかと初めて君自身に興味が湧いたんだ。だから女王に頼んで、僕も転入させてもらう事にした。代わりに君の様子を報告する事を条件にして」

「……」

無言で話を聞く私の頰にルシウスはちゅっと唇を寄せる。

それからその時の事を思い出したように、眉を顰めた。

「残念ながら、学園で見た君は酷いものだった。必死なのはわかるけど男に媚《こび》を売って、正直見ていられないって思ったな。こんな姫と僕は将来結婚する事になるのかと、絶望さえ覚えた」

「それは……ごめんなさい」

あの頃の私は自分でも思い出したくない。

悄然と俯くと、ルシウスが大丈夫だと言わんばかりに手をぎゅっと強く握った。

「これは酷い。いくらなんでもこんな女と結婚するのは嫌だ。そう結論づけて、一年の終わりには自主退学の手続きを取って国へ帰ろうと思っていた。……無理かもしれないが、それでも父に婚約破棄を訴えるつもりで。でも、君はある日突然変わった」

「ええ……」

彼が言っているのは前世を思い出した時の事だろう。頷くと、ルシウスは話を続けた。

「急に肩の力が抜けたように見えた。今までないがしろにしていた勉学に力を入れ、めきめきと実力をつけて行った。自然体で笑う君は以前とはまるで別人のようで、とても魅力的だったよ。あっという間に周りが君の虜になった。でも、僕が何より驚いたのは、君が婚約者候補である彼らに対して一切色目を使わなくなった事だ」

「……彼らと無理に結婚する気がなくなったから」

前世を思い出したお陰で、この婚活に意味はないと気がついたのだ。

「みたいだな。だが、僕はそれを知らなかった。僕の目には君が突然彼らに興味をなくしたかのように見えた。勉学に励み、信者を増やし、君は日々輝いて行く。一年で帰国しようと思っていた事など忘れていた。君から目が離せなくなった。気がつけば二年を迎え、遠くから観察するだけで良かったのにどうしても我慢できなくて、自ら君に近づいた。僕の立場を考えればそんな事をするべきではないのに、今考えても馬鹿な事をしたと思うよ」

「二年の最初の頃だったわね。ルシウスが声を掛けてくれたのは」

つい最近も思い返していたが、教師に頼まれた大量の荷物を運べなくて困っていたところを助けてくれたのだ。

男なら簡単に運べる量のそれは女の私には厳しくて、途方に暮れていた私にほぼ初対面の筈の彼は、とても自然に手を差し伸べてくれた。

あれだけ嬉しかった事はついぞ覚えがない。

「見ていれば誰でもわかるけど、君は意外とぬけたところがあるからな。気になって、放っておく事ができなかった。……でも、それは彼らも同じだった。僕と同じように、今度は逆に彼らの方が君の魅力に骨抜きになっていった」

「骨抜きって……」

もっと他に言いようがないものか。

「事実だろう。話を戻すぞ。……そんな彼らと君を見て、僕が感じたのは紛れもなく嫉妬だった。君の事をずっと見てきたのは僕だ。それなのに今さらどの面下げて、と思った。君に変な虫がつくのが嫌で、フレイヤに君を警護するよう命令した。そこまでしても、僕は自分の気持ちに気がついていなかったんだ。フレイヤに命令の意味を問われ……そこで初めて理解した」

言葉を区切り、ルシウスが私と目を合わせる。

彼の瞳に吸い寄せられるように、私もまた彼を見つめた。

「僕が、君を愛しているって事に」

「っっ！」

初めてはっきりと言葉にされ、驚喜のあまり声にならなかった。

ルシウスも私を想っていてくれたのだと、そんなにも前から私の事を好きでいてくれたのだという事を知り、喜びで涙が溢れそうになる。

「その後は、知っての通りだ。君を他の男にとられるのがどうしても嫌で、あんな取引を持ちかけてしまった。やり方を間違えたと気づいても、後戻りはできなかったんだ」

私の目を見つめたまま彼は言う。私は、静かに首を横に振った。

「ルシウスが気にする必要なんて全くない。だって、私は嬉しかったもの。……ルシウスに触れてもらえる理由になるって」

「アリシア……君はそんな頃から僕の事を？」

手を離し代わりに強く抱きしめてきた彼の背に腕を回す。そうしてこっくりと頷いた。

既に彼には私の気持ちを知られている。今更隠す事なんてなかった。

「ええ、好きになっていたわ。苦しいくらいに。それでも、お母様との約束であなたとの未来が望めない事はわかっていたから……告白する事はできなかったけれど。あなたがフェルナン王子だというのなら、どうしてもっと早く教えてくれなかったの？　それどころか王子と婚約破棄しろだなんて言ったりして……」

彼が王子だと告白してくれたら、私は歓喜を持って彼を受け入れた筈だ。

そう……最後まで抱かれる事だって二つ返事で頷いたと思う。

恨めしげに彼を見上げると、困った顔をされた。

「僕もいっそ言ってやろうかと思った事は何度もある。でも、女王との約束があった」

「お母様との？」

予想外の名前だ。ルシウスは、短く肯定した。

「そうだ、女王は僕に便宜を図ってくれる際に言った。卒業までの間絶対に、アリシアに僕の正体を告げるなと。だから言えなかった。くだらない約束をしてしまったと後で後悔したよ。まさか君を好きになるとは思っていなかったから。……僕が王子と婚約破棄をしろって言ったのは……本当にくだらない、ただのヤキモチだ」

「ヤキモチって自分の事なのに？」

どういう意味だと問い返せば、気まずげに視線を逸らしたルシウスは、それでもぼそぼそと話し始めた。

「だって君は、僕に触れられて嬉しそうなのに、最後の最後はいつもフェルナン王子がって言うから。僕は目の前にいるのに、目の前にいる僕を見ず、会った事もない王子に義理立てしているのが悔しかったんだ。僕だって馬鹿な事をしているとわかっていた。でも止まらなかった……途中からは空想で作り上げたもう一人の自分に嫉妬するという訳のわからない事になっていた」

「……」

自分に嫉妬していたと告白するルシウスはさすがに恥ずかしそうにしていたが、私は驚きを隠せなかった。そこまで彼が私を想っていてくれただなんて、考えもしなかったのだ。

「ねえ、それなら……私が王子を好きにならないって言ったのは？」

ルシウスが私に言った言葉を思い出し、この際だからと聞いてみた。

「ああ。正体を偽り、あんな取引を持ち掛けた僕を君が許す筈はないと思ったからさ。嫁いできたものの、迎えた王子が僕だったら……君は意思が固いから今更止めるとは言わないだろうけど、軽蔑されるのは間違いないってずっと思っていた」

「私が喜ぶという可能性は考えなかったの？」

「思いもしなかった。最低な事をしている自覚は十分過ぎる程あったから。もしかしたら、好意を持ってくれているのかもしれないとは思ったが、それでも正体を隠している事を知られたら絶対に軽蔑されると、こんな事なら君に近づかなければ良かったとさえ思った」

君に嫌われるのが怖かった――――。

そう告げたルシウスの背をぎゅっと抱きしめた。

「私はあなたの事が好きだもの。喜びこそすれ、軽蔑なんてしないわ」

「ああ。君が奇跡の魔法を使ってくれた事と、告白してくれた事でようやくそう思えるようになった。……遅くなったが、あの時は僕を助けてくれてありがとう。でも、もう二度としないでくれ。君が目を覚まさなくて、僕がどんなに怖かったか」

ルシウスの言葉を受け、私も言った。

「私こそ、助けてくれてありがとう。でも、同じような事が起これば、きっと私は何度だって使う。あなたを助けられるなら、躊躇する必要なんてどこにもないわ」

「アリシア……君は本当に……。僕は幸せ者だな。こんなに君に想ってもらえているなんて。……僕も君の想いに応えたい。だからこそ今日、迎えにきたんだ」

少し身体を離され、お互い見つめあう。彼の目が潤んでいるように見えるのは多分気のせいではない。

「アリシア、僕は君を愛している。メンブラードとしての僕も、王子としての僕も、どちらも同じ僕なんだ。君に先を越されて格好悪いのはわかっているけれど、君に対する想いだけは負けないつもりだ。改めて、結婚を申し込ませてくれ。愛している。アリシア、僕の妻になって欲しい」

「ルシウス……」

熱い目で想いを告げられ、感動で胸が詰まった。

こんな日がくるなんて思いもしなかった。

ルシウスがフェルナン王子で……そして私を愛しているって言ってくれるなんて。

私は泣き笑いの表情を浮かべて、ルシウスに抱き着いた。

「馬鹿みたい……私達、ずっと好き合っていたのにすれちがっていたのね」

ルシウスは私の背を宥めるように撫でる。

「フレイヤにも何度も言われたよ。お前が正体を明かせば済む話だって。……でも、できなかった」

「約束、だものね。召喚士の約束は何よりも重いって聞いた事がある」

召喚士は、召喚獣と契約する時、約束を取り交わす。

その約束が果たされている間は、召喚獣は契約獣として、召喚主に従うのだ。そのため、基本的に召喚士は平時でも約束を重んじるという。

仕方ないわね、と涙をぬぐいながら身体を起こすと、ルシウスが急《せ》かすように言った。

「それよりも――――。あまり焦らさないでくれ、アリシア。……早く答えをくれないか？　もう僕は我慢ができそうにない」

潤るような目で私を見つめるルシウスに笑みが零れる。

「……聞かなくてもわかっているくせに」

「それでも、君の口から直接聞きたい」

真顔で訴えるルシウスに、私は「ええ」と首肯した。

すうっと息を吸い、呼吸を整える。彼に向かって素直な気持ちで微笑んだ。

「大好き、ルシウス。私もあなたがあなたでさえあれば、どこの誰でも構わない。ずっと一緒にいたいの。だからお願い、私をあなたの妻にして。あなたの側にいさせて」

「アリシア……」

堪え切れない様子で天を仰いだルシウスは、次にぎゅうっと痛い程に強く、私を抱きしめてきた。

掠れた低い声が耳を打つ。

「勿論だ。愛している、アリシア。……君はこれから一生、僕だけのものだ」

「……嬉しい」

力強い抱擁に幸福を感じ、私もまた彼に応えた。

そうやってしばらくの間抱き合い、やがて静かに身体を解放される。熱く潤んだ瞳を向けられた私は、陶然としながら目を閉じて、彼の唇が重なる瞬間を待った。

第六章　転生男装王女は結婚相手を探さない

エステバン王国に入り、王宮入りした私は即座にルシウスとの婚儀に臨む事になった。

私の知らない間に話は進んでいたらしく、エステバン王国の人達にも半年程前から王太子であるルシウスの結婚が公示されていたらしい。

当然それは私の国にも言える訳で、既に私がエステバン王国の王太子に嫁ぐ事は公式に発表されていた。

「……全然知らなかった」

ことのあらましを聞かされ、唖然としていると、ルシウスが笑いながら言った。

「君にばれないようにって、女王が裏で手を回していたからな。知らなかったのは当事者である君くらいだ」

「お母様……。私がレアンドロ達を選んだらどうするつもりだったのかしら？」

母らしいやり口にため息をつくと、むっとしたルシウスが私の頬を引っぱった。

「痛い！　ルシウス、何するの」

「他の男なんて選ばせる訳ないだろ。君の決意が固かったからその辺りは心配していなかったけれど、もし他の男を選ぼうとしていたら全力で潰していた」

最初から、君は僕を選ぶしかなかったと言われ、頬が赤く染まった。

勿論引っぱられたからではない。嬉しかったからだ。

「……例え話よ。そんな事になる筈がないわ。だって私はルシウスしか見ていなかったもの」

「アリシア……」

視線が合い、唇を寄せ合う。

幸せな気持ちで彼の唇を待っていると、ごほごほとわざとらしい咳が背後から聞こえてきた。

「アリシア、それくらいにしておけ。ルシウスが調子に乗る」

「っ！　お兄様、きていらっしゃったのですか！」

見知った声に慌てて飛びのくと、ドアに背をあずけた兄が呆れ顔でこちらを見ていた。

「当たり前だろう。妹の結婚式だ。私が国を代表して出席する事になっている」

「そう……でしたか」

本当に母はどこまで根回しを済ませていたのか。

エステバン王国に着いたと思った瞬間、「さあ今から式ですよ」と言われたあげく準備万端整えられて、こちらは目を白黒させるしかできない。

母からは確かに何度も「卒業式が終わったら結婚」と聞いてはいたが、それが文字通りだとは考えてもいなかったのだ。せいぜい卒業と同時に公示くらいの、母なりの比喩だと思っていた。

兄がドアから身体を離し、申し訳なさそうに目を伏せた。

「……全て母上が計画なさった事だが……黙っていて悪かったな」

「いえ……」

本人に秘密のサプライズマリッジといったところだろうか。

今となれば嬉しいから構わないが、本当に、もし私が結婚しないと宣言したらどうするつもりだったのだろう。

……いや、母の事だ。全てお見通しな気がする。

我が国が誇る尊き女王は、全てを見通す女王として慕われていると同時に、酷く恐れられてもいるのだ。

「さあ、そろそろ衣装に着替える時間だ。私達は出て行こう。ルシウス、おまえもだ。花婿は聖堂で花嫁を待つのがしきたりだろう？」

「……わかっている」

兄に急かされ、ルシウスは不承不承ながらも部屋を出て行った。

初めて知ったのだが、どうやら兄とルシウスは仲の良い友人同士らしい。

フェルナンと呼んだ方が良いのかと馬車の中で尋ねた私に、彼はこう言っていた。

「親しい人間は僕の事をフェルナンではなく、ルシウスと呼ぶ。今まで通り、ルシウスと呼んでくれ」と。

そういう意味でも、兄はルシウスにとって特別な人間なのだろう。

……兄も友人が多い方ではないので、良かったなと思う。

私と同じ金髪碧眼の異様に見目麗しい兄は、気を許した人間にしか笑顔を見せない事もあって、非常に気難しい人間だと思われている。本人にその噂を消すつもりがないところをみても、間違いなくルシウスと同じタイプの人間だ。

「アリシア様。お支度を整えましょう」

二人が出て行き、控室で待機していた女官達がウェディングドレスを持って現れる。

ルシウスが選んでくれたというドレスを見て、私は「ええ」と頷いた。

◇◇◇

挙式はエステバン王国が所有する大聖堂で行われる。

エステバン王国で一番大きいこの大聖堂は、王族が結婚式を挙げる際に必ず使われる有名な場所だ。身廊は驚く程長く、祭壇上のアーチに掲げられるのはこの国の紋章。

天井は高く、窓にはカラフルなステンドグラスがふんだんに使われ、日の光を受けてきらきらと輝いている。

その中を私は祭壇の前に立つルシウスに向かってしずしずと進んでいた。

用意されていたウェディングドレスは、レースが美しいシンプルなデザインのものだった。全体的にスレンダーで、その代わりトレーンが非常に長くなっている。見事に私好みのドレスだ。

周りにはたくさんの列席者。当然フロレンティーノ神聖王国からも参列者はいる。これを見るだけでも、今日の挙式を知らされていなかったのが私だけだという事が理解できた。

ルシウスはシルバーの正装に身を包み、祭壇の前で私を待っていた。

麗しいとしか言いようのない彼の立ち姿に、こんな時だというのに一瞬見惚れそうになってしまう。この人が私の夫になるのだと思うと、幸せという言葉しか出てこなかった。

口元に笑みを浮かべながら、彼から差し出された手を取る。祭壇に二人並んだ。

「綺麗だ……アリシア」

私だけに聞こえるように小さく囁くルシウス。

……ベールを上げる前で良かった。

でなければ顔が真っ赤になっているのがきっと参列者にばれてしまっていただろう。

定められた誓いの言葉を述べる。

ルシウスが私のベールを静かにあげ、唇に軽く触れるだけのキスを落とした。

挙式は滞りなく進み、用意されていた馬車へと向かう。

二頭立ての四輪馬車には王家の紋章が掲げられ、従者と乗馬従者が私達を待っていた。これから馬車で王都内をぐるりと一周するらしい。国民へのお披露目だ。

「……パレードもあるのね」

心の準備ができていなかったので、次から次へと出てくるイベントにいちいち驚いてしまう。

ルシウスは平然とした顔で、

「僕は王太子だぞ。当たり前だろう」

そう、しれっと言い切った。

「わかっているけど、まさか今日結婚式だなんて思ってもみなかったから心の準備が……」

心も体も全部が追いつかないのだ。それでもルシウスは気にした様子もなく逆に不敵に笑った。

「僕じゃない男に嫁ぐより、ずっと良いだろ」

「それはそうだけど……」

「後少しの辛抱だ。そうしたら祝宴になる。それで終わりだ」

「……そうね」

「そうしたら夜は二人きりで過ごせる。そのためにも、もう少し頑張ってくれ」

その言葉に思い切り照れた。何を示唆しているのか流石にわかる。

こくこくと無言で何度も肯《うなず》いた私に、ルシウスはとびっきりの笑顔をくれた。

◇◇◇

結婚式と王都をぐるりと回るパレード、そしてその後に続いた、祝宴。

めまぐるしいスケジュールをなんとかこなす。

祝宴の場では、ルシウスとのダンスも披露した。

皆から祝いの言葉をもらい、それに笑顔で返す。祝福の言葉を素直に受け取れる事が、本当に幸せだと思った。

そうして全ての予定を消化した私は、女官の手引によって祝宴の会場を先に抜け出し、初夜の準備を整えていた。

「アリシア様、とてもお綺麗です」

「ありがとう」

磨きに磨き上げられた肌からは、柑橘《かんきつ》系の匂いが漂っている。

化粧はうっすらと施され、用意された夜着は……シースルーの如何にも行為を連想させるような恥ずかしいものだった。それでもこれがルシウスの好みだというのなら断れない。

顔を真っ赤にしながら、女官達に促されるまま袖を通した。

「この度は誠におめでとうございます。後は初夜の儀を済ませるのみ。それで婚儀は全て終了でございます。どうぞフェルナン殿下とお幸せに」

準備を整えた女官達が、そう言って頭を下げて出て行く。

一人残された私は、落ち着きもなくそわそわと部屋を観察した。

どうしていいのかわからず、天蓋付きの金彩色の木製のベッドになんとなく腰掛ける。

広い寝室。

就寝前なので明かりは暗めで、ベッドの周りだけがぼんやりと白く浮き上がっている。

これから二人の寝室となる場所だ。エステバン王国には愛妾《あいしょう》制度がない。そのため、結婚した後は同じ部屋に住まうのが慣例だった。

隣室へ続く扉に目を向ける。先ほど確認させてもらったが、扉の向こうは背の高い本棚やソファが置かれたくつろげる居住スペースとなっていて、これからここで暮らして行くのだと実感する事ができた。

「気のせい、かしら……」

昼間の挙式を思い出し、一人回想に耽る。

ルシウスと大聖堂を出る際、よく知った人達の姿が見えた気がしたのだ。

旧執行部のメンバー。彼らも午前中は卒業式に出ていたし、まさかエステバン王国にきていると は思わないが、それでも一瞬振り返りそうになってしまった。

彼らの筈はない。だって『レジェス・オラーノ』はもういないのだ。

『アリシア・フロレンティーノ』と面識のない彼らが結婚式に駆けつける理由がなかった。

「彼らはルシウスとも仲が悪かったし、たとえ隣国の王子だってわかっても、わざわざこんなところまでこないわよね。やっぱり気のせいだわ」

それでも、彼らが祝福してくれたように感じて嬉しかった。たとえ幻でも、見間違いでもいいやと思うくらいには。

「正体を隠したままいなくなってごめんなさい……」

言える筈もないが、それでも彼らにくらいは、最後に正体を明かしても良かったかもしれない。

たとえ私が女で王女だと知っても、彼らの態度は変わらないだろう。別れの時の彼らの様子を見ていれば、そう確信を持つ事ができる。

彼らもまた、それぞれ幸せになってくれると良いと心の底から思った。

「アリシア？」

思考の海に沈んでいた私に優しい声がかかる。

ゆっくりと顔を上げると、何時《いつ》の間に寝室に入ってきたのか、ガウンを羽織っただけの姿のルシウスが、熱い眼差しでじっと私の事を見つめていた。

「ルシウス」

立ち上がって彼を迎えようとしたが、彼はそれを制止し、私をじっと見つめ続ける。

まるで視姦《しかん》されているような感覚に震えていると、彼はほうっと息を吐いた。

「夢みたいだ。まさかアリシアがそんな格好をして、僕がくるのを待っていてくれる日がくるなんて……思いもしなかった」

そう言われると恥ずかしい。シースルーのこの夜着は殆どが透けていて、逆に着ている方がいやらしいのではないかと思えるようなものなのだ。

「恥ずかしかったけど……ルシウスが喜んでくれるならと思って」

「誰が用意したのかは知らないけれど、これはすごいな……」

「え……ルシウスじゃないの？　なら誰が……」

「誰でも良いさ。すごく、綺麗だ」

こくりと喉を鳴らし、ルシウスが近づいてくる。

私は手を伸ばし、彼の首に柔らかく両手を回した。

「ルシウス……好き……」

至福とはこういう事を言うのだと思った。

「君は全く……初夜だから優しくしたいと思っているのに、そんなに僕を煽って抱き潰されたいのか」

抱き着いたまま耳元で呟くと、呆れたような声が返ってきた。

その言葉に身体中が蕩けそうな気分になって頷いた。

「以前にも言ったわ。私、ルシウスにならば何をされても良いって」

夫となった今なら、それこそなんでも受け入れたい。

本心から告げると、ルシウスは小さく笑ってそっと私をベッドの上に押し倒した。

その目が隠しきれない熱を孕《はら》んでいる。

「僕を煽るような事ばかり言って。後悔するなよ。……アリシア、愛している」

「ええ、ルシウス。私も愛してる」

ようやく想いが通じあった事で、私はいつもよりも大胆な気分になっていた。早く彼が欲しかったし、それは多分彼も同じだった。

ルシウスを引き寄せると、二人自然と唇が重なった。顎に手が添えられ、すぐに彼の舌が口内に入り込んでくる。それを私は歓喜を持って受け入れた。

くちゅくちゅと お互い舌を擦りあった後、上顎や歯列をくすぐるようになぞられた。

「んっ、んーっ……」

二人分の唾液が喉の奥に溜まり、私はそれを躊躇なく飲み干した。

舌先で舌を舐められたので大人しく差し出す。先ほどよりも丁寧に搦《から》め捕られ、私は夢中で彼に応えた。

「ふぁっ……んっ」

「すごく可愛い。いつも思っていたんだが……アリシアは、僕とのキスが好きなのか？」

長いキスが終わり、ぼんやりと余韻に浸っているとルシウスがそんな事を尋ねてくる。

「ん……好き」

彼との行為はなんでも好きだ。

素直に頷くと褒めるように頭を撫でられた。

もう片方の手が身体を優しくなぞり、胸の膨らみに優しく触れる。着ている夜着の素材がとても薄いもののせいか、直接触れられるよりも却《かえ》って感じるような気がした。

「あ……ん」

胸の先をくすぐるように擦られ、私は甘い声を上げた。

「んんっ」

「気持ち良い？　先がもうとがってきた」

「う……ん。あ、もっと……して？」

ルシウスに尋ねられるままに答える。もっともっと愛されたいと思った。

「ああ、君の望み通りに」

「ああっ」

いきなり夜着の上から胸を食まれた。

はむはむと唇だけで感触を楽しむように、紅《あか》くとがって主張している先端を咥えられる。

すっかり刺激に弱くなっていた私は、びくびくと身体を震わせた。

彼のもう片方の手が夜着のリボンに触れている。

彼がそれをほどくと、リボンだけで結ばれていた夜着はあっという間にはだけ、裸身が露《あら》わになった。

身体に纏わりつく布地を追いやり、ルシウスの手が直接素肌に触れる。

「んっんっ」

「可愛い。アリシアのここ、赤くとがって主張してる」

こりこりと摘むように胸の先端ばかりを弄られ、私は膝を擦り合わせる。

身体の奥からじわりと何かがしみだしてくる感覚。とろりと、愛液が零れた事がわかった。

胸を食んでいたルシウスが唇を離し、殆ど絡まっているだけだった夜着を私から抜き取った。そうなると私に残されたのは下部を覆う下着だけで。

「……素晴らしい夜着だったけど、やはり君の素肌には敵わない。直接触れたいし、見たい。これはまた今度ゆっくり楽しもう？　今日は僕に、君の全てを見せて欲しい」

そう言って、下着もするりと脱がせてしまった。

ルシウス自身もローブを脱ぎ、下ばきを脱ぎ捨てる。

意外と鍛えられた裸身が晒される。彼の下半身にはあの日初めて見た、彼の分身が強く自己主張していた。

「あ……」

目が自然とそれを追う。

「今日こそは、これを君の中に挿《い》れるから」

私の視線に気づいたルシウスがそう、予告する。

赤黒いそれを見て、私はこくりと唾を飲み込んだ。

身体の中を暴かれるという恐怖は微塵も感じなかった。むしろ彼のそのたくましい肉棒を私は愛しいものだと認識していた。見ているだけで、身体の奥から蜜が溢れでてくるような気さえする。

そして多分それは気のせいではない。紛れもなく期待しているのだと自分でわかっていた。

彼のもので奥深い場所まで貫かれたい。そしてかき回されて、彼の子種を受け取りたい。

「……お願い、今日こそ私をルシウスのものにして」

彼の言葉にそう返せば、ルシウスは嬉しそうに微笑んだ。

その笑みが、獲物を前にした肉食獣のように見えたが、全く怖いとは思わなかった。

彼が私を欲してくれている事がわかり、逆に嬉しいとさえ思っていた。

「アリシア……愛している」

もう一度、今度は素肌で覆いかぶさってきたルシウスを、私は両腕を回して受け入れた。

ルシウスは先ほどの続きとばかりにまた胸に顔を埋める。

刺激を待ち望んでいた先端を口に含み、吸うだけではなく舌先でちろちろと転がしたり、周辺を丁寧に舐めたりして私の快感を高めて行く。

「あっ……ああ。あああっ」

おかしいくらい感じる。快感で全身が蕩けそうだった。

想いが通った相手とする行為は格別で、舐められるのも、いやらしくちゅぱちゅぱと吸われるのも彼にされる全ての行為が気持ち良いと感じる。もっともっとして欲しくて、私は彼に縋りつきさらなる行為を強請った。

「君は素直で本当に可愛い。もっと弄って欲しい？」

そんな言葉を言われても、より感じるだけだった。

いつも以上に私は感じ、淫らに乱れていった。

胸の先をこねくり回されては嬌声を上げ、身体中にキスされては身を捩って咽び泣いた。

いつもの少しいじわるな言葉攻めを受けては蜜を零し、望まれるままに卑猥な言葉を口にした。

とにかく何をされても気持ち良くて、そして何よりも彼を受け入れたくて、私はルシウスのなすがままだった。

時間を掛けて上半身を愛撫していたルシウスが、やがて秘部にそっと触れる。待ち望んだ瞬間に吐息が漏れた。触れられた場所は既に熱くぬめっていて、少しの刺激だけで彼の手をしとどに濡らして行く。

「……全然触っていなかったのに、こんなに濡らして。僕に触れられるのを待っていてくれた？」

私はもう思考力がマヒしていて、恥ずかしいと思う事さえできなくなっていた。

ただひくひくと震えながら涙声で言った。

「そ……なの。早く触って欲しくて……だってルシウスが好き、だから」

好き、と言葉にできる事が嬉しかった。

「……アリシア」

言わせたルシウスの方はといえば、秘部に顔を近づけ襞の部分を指の腹でゆるくなぞっていた。

「僕も君が大好きだ。ああ、君の入口もひくひくとして僕を待っていたみたいだ。このまま指で可愛がられたい？　それとも舐められたい？　君が好きな方を選んで」

「あっ！」

ふっと息を吹きかけられて身体が跳ねた。

たまらない。ルシウスにいつもされていた行為を思い出し、身体がそれを強く要求しているのがわかった。それでも流石に恥ずかしくて口にする事はできない。

含羞に震え、顔を真っ赤にしていると、ルシウスが小さく笑った。

「苛《いじ》め過ぎたか？　すまない。優しくしたいと思っているのに、君があまりにも可愛くてつい……ああ、頼むからそんな僕を煽るような顔をしないでくれ……とまらなくなる」

「ひゃああっ」

急に蜜口にぺろりと舌を這わせ始めたルシウスが蜜を舐めとる。

舌のぬめりとした感触に私は声を上げた。そのままルシウスは両手で秘部を広げ、奥の方まで舌を伸ばした。

「ひっ……んっ……あああんっ」

気持ち良い。気持ち良くてたまらない。

ものすごく恥ずかしい事をされているのに、それ以上に気持ち良くて、私は快感に泣きじゃくった。足を大きく広げ、彼の行為を全て受け入れる。

じゅるじゅると蜜を啜《すす》るように舐めとるルシウスの舌が絶え間ない快感を生み出してくる。

為《な》す術《すべ》もなく翻弄されていると、ルシウスの片手がすっかり膨れ上がっていた花芽に触れた。

「ぁああっ！」

敏感な部分をダイレクトに触れられ、私は腰を跳ねさせた。

ルシウスはやめるつもりはないようで、さらに舌で蜜壺《みつつぼ》を刺激しながら、指の腹で強く花芽を押しつぶしてくる。

「アリシアは、ここも好きだろう？」

「ああっ、ああっ！」

気持ち良いのを通り越して、過ぎる快感が脳天まで突き抜ける。

そのままこりこりとルシウスは花芯を弄り続けた。

「ひぁっ！　あぁっ、ルシウスっ！　それ、強過ぎ……るっからっ」

「でも気持ち良いんだろ？　君が気持ち良くなって乱れてくれるのが僕は一番嬉しい。可愛い君をもっと見せて？」

「ひうううんっ。あ……そこ、で……しゃべらない……でっ」

ルシウスの息がかかり、なんともいえない感覚になる。

びくびくと震え続けていると、花芽を弄っていた手がくちゅりと音を立てて蜜壺の中へ沈められた。

「んんっ」

「……痛いか？」

心配そうに聞いてくれたルシウスに、首を横に振って答える。

圧迫感に驚いただけだ。痛みは全くない。私の反応を窺いながら、ルシウスの指が慎重に中を探る。既にルシウスに何度か許しているその場所は、私よりも彼の方が詳しかった。すぐに私の弱い場所を探りあて、集中的に刺激を与えて行く。

「ん……んっ」

「気持ち良いみたいだな。すごくいやらしくて良い顔をしている」

「も、馬鹿。ルシウス……」

「褒めているんだ。僕に感じて、こんなにして……君はいつも可愛いけれど、今日は特別可愛い気がする。ああ、そろそろもう一本増やせそうだ。良いか？」

「んっ……して」

小さく首肯すると、もう一本指がくぷっと差し込まれた。

二本の指が蜜壺をかき混ぜるようにして広げて行く。狭く硬かった私の中が少しずつ彼を受け入れるために広がって行くのがわかった。

「はっ……ああっ……」

じわりじわりと追い立てるような感覚が身体の中から這い上がってくる。

切羽詰まった私はぎゅっとルシウスに抱き着いた。

「んっ！　ルシウスっ、も……」

「ああ、一回イっておけ」

「あああっ！」

止めを刺すように花芯を摘まれた。火花が走ったような感覚がし、視界が一瞬白くなる。

「ふ……ぁあっ……」

身体から力が抜け、くったりとベッドに倒れ込む。

ルシウスが私の両足を広げ、弛緩《しかん》した蜜壺に熱いものを押し当てた。

「あ……」

それがなんなのか気づき、息を呑んで彼を見上げる。

熱を持ったそれは不思議な感触で、私の中に潜り込もうと今か今かとその時を待っていた。

「アリシア……僕ももう限界だ。……挿れても良いか？」

「は……い」

了承を示すように頷く。彼と早く一つになりたいと思った。

背中に両手を回すと、ルシウスが小声で呟いた。

「君がずっと王子のために守ってきたもの、本当に僕がもらって良いのか？」

……今更何を言うのか。どちらもルシウスのくせに。

それでも、多分ルシウスは確認したいのだろうなとなんとなく気づいたので、彼を安心させるために口を開いた。

「……どちらもあなただもの。私は……ずっと王子ではなくあなたに抱かれたいと思っていた。だから今こうなる事ができて、本当に幸せなの。お願い、早く私をあなたのものにして……。あなたを直《じか》に感じたい」

恥ずかしいけれど、それでも想いを伝えると、唇に優しいキスを落とされた。

「アリシア……ごめん。馬鹿な事を聞いた。僕もずっと君が欲しかった。いっそ約束など放棄してめちゃくちゃに抱いてしまおうと思った事も何度もあった。それでも……きっとそれを耐えたから今があるんだ」

そう言ってルシウスはぐいっと腰を押しつけてきた。ぐぷっと音がして、先の部分が蜜壺の中に沈み込む。

「んっ……」

「痛いと思うけど、少し我慢してくれ」

「き、気にしないで……」

破瓜の痛みの事は理解している。そして、ルシウスから与えられるものならば、たとえそれが痛みだとしても私は嬉しいと思っていた。

ゆっくり、ゆっくり私を気遣うように腰を進めて行くルシウス。

私は彼に抱き着きながら、ぎゅっと目を閉じ胎内を進んでくる慣れない違和感に耐えていた。

「っ‼」

亀頭が埋まり、少ししたところで引っ掛かりがある。ぐっとルシウスが力を込めた瞬間、痛みが走った。顔を顰めた私を見て、ルシウスが一旦腰を引く。

「大丈夫か？」

「平気、平気だから……」

「悪い。痛むだろうが一気に挿れるぞ。その方が多分痛みは長引かない」

ルシウスの言葉に了承するように、さらに彼を強く抱きしめる。痛いのは痛いが、怖いとは思わなかった。早く彼と一つになれるのなら、痛みさえも受け入れたい。

「んっ……」

次の瞬間――――。

身体を引き裂くような疼痛と共に、彼が一度に身体の奥に侵入してきた。

「あああああああっ！」

激痛《げきつう》に耐え切れず、思わず抱き着いたルシウスの肩に爪を立ててしまった。

ルシウスは少し顔を顰めたが何も言わず、私が落ち着くのをじっと待っている。

じくじくとした痛みが苦しくて息が荒くなる。

はあはあと肩で息をしていると、顔中にキスの雨を降らされた。

慰めるようなそのキスに、少し顔がほころび、力が抜けた。その瞬間、さらに奥までルシウスのものが埋め込まれる。

「あああああっ」

続け様に感じた痛みに顔を歪める。どうやらまだ挿入途中だったらしい。ようやく全てを埋め込んだらしいルシウスがほうっと息を吐く。

「すまなかった。だが、よく頑張ったな。……見えるか？　君の奥まで全部入った」

ルシウスの視線を辿ると、私と彼の下腹部が隙間なく密着しているのが見えた。

あの凶悪なまでの彼の屹立はどこにも見えない。その代わりに私の内部でどくどくと脈打つ存在を強く感じた。

「あ……これで私はルシウスのもの……？」

とても感慨深いものがあった。

「ああ、そうだ。だがこれで終わりじゃない。わかっているだろう？」

シャワールームで疑似挿入行為をされた時の事を思い出し頷いた。

「ルシウス、お願い。もう……動いて」

「良いのか？」

「ええ。私、ルシウスをもっと感じたい」

もう一度しっかりと頷く。

まだ鈍痛が残っているのは事実だが、一番深い場所で強くルシウスと繋がりたいと思った。

「わかった。……ゆっくり動くから、痛かったら言ってくれ」

「はい……」

ルシウスが腰を引き、抽挿を始める。

私を気遣うように様子を見ながら少しずつ、それでも私の中を確かめるように動いていった。

「あっ……んっ……」

最初は痛みの方が強かったが、徐々にそれは遠のいて行き、代わりにじわりと気持ち良さが滲みだしてきた。それは特にルシウスが奥の方を擦るたびに感じ、私はその度に声を上げた。

「ああっ、あああっん」

「アリシア、もうそんな声を出して……痛くないのか？」

「だい……じょう、ぶ……。っ！　ああっ」

「もしかして、ここが良いのか？」

尋ねる声に必死で頷く。

「お願い……ルシウス……そこ、もっと……」

「わかった」

確かめるように、ぐりぐりとルシウスは腰を押しつけた。

「んっんんっ」

やはりその場所が気持ち良い。

特にイイ場所を突かれ続けたせいか、残っていた痛みもすぐに快感へ変わっていった。蜜壺からは、絶え間なく愛液が滲み出る。

ルシウスを迎え入れた蜜壺はいつの間にか柔らかくなり、彼の肉棒を熱く包み込んでいる。彼の先走りの液と、私の愛液が混ざりあい、抽挿の手助けとなっていた。

たまらなくなり私はルシウスに合わせるように、ゆらゆらと腰を揺らし始める。

そんな私の動きに彼はすぐに気がついた。

「アリシア、もう腰を振ってる……そんなに気持ち良いのか？」

「んっ、だって……ルシウス……すきっなの。きもち……いいっ」

好きな男に抱かれていて気持ち良くない筈がなかった。

願い続けた瞬間が今ここに在って、幸せで幸せでたまらない。

「アリシアっ……ずっとこうしたかった……！」

感極まった声でルシウスが告げる。中に埋まった肉棒がさらに硬くなった。

「んっ、私、も……ルシウスに、抱かれたかったの」

彼の腰の動きが少しずつ早くなってくる。ぐちゅぐちゅといやらしく肉と肉のぶつかり合う音が寝室に響き渡る。私は必死で彼にしがみついた。

ルシウスが恍惚の表情を浮かべる。

「ああ……君の中熱くて、ざらざらしていて僕を締めつけて離さない。すごく気持ちいい。アリシア、アリシア……。愛している。君だけをずっと」

そんな言葉を聞かされれば、私の中はまたきゅんとときめき、彼を強く締めつける。

私の中を彼の肉棒が何度も行き来し、通るたびに新たな快感を生み出していく。

「ふぁっ……んんっんっ、私も、愛してる」

「気持ち良い……想像していた以上だ……このまま君に溺れてしまいそうで怖い」

「私はっ……もう、ルシウスに溺れてるっ……」

ルシウスに強く腰を穿《うが》たれながらそう答えた。

初めてだというのに、彼に抱かれるのが気持良くて仕方ない。

もっともっと彼が欲しい。そう思うと、私の中も私の気持ちに呼応するように彼のモノを締めつけるのだ。

「もっと、僕に溺れて……僕だけを見てくれ」

「私、ルシウスしか見ていないっ……ずっと、ずっと好きだったんだもの」

「僕もだ……」

「ルシウスっ……」

繋がりあったまま、唇を重ねた。

舌を絡ませながらも、彼の私を穿つ動きは変わらない。それどころか、さらにルシウスの腰の動きは早くなった。同時に、私の中に埋め込まれているものが、その質量を増す。互いの絶頂が近い。本能でそう感じた。

「あっあっあっ……」

唇が離れれば、甘い声が絶え間なく漏れる。

一緒に胸の先を摘みあげられると、身体の奥に快感がずっくりと溜まっていった。

ルシウスが荒い息を吐きだしながら宣言する。

「ああ、そろそろ出そうだ……君の中に……」

「んっ」

夫となった人の言葉に何度も頷く。

彼の全部を受け取りたいと思った。足を巻きつけ、背中に回した両手に力を込める。

「おねが……ルシウスっ、ちょうだいっ」

「ああっ……イくぞっ」

「んっ!」

ぐっと腰を強く押しつけられた。

「ああっ……」

「くぅ……」

ルシウスが呻いた直後、熱いものが私の中に広がって行く。彼が子種を胎内で放ったのがわかった。

二~三度ゆっくりと腰を振ったルシウスが全てを私の中へ注ぎ込み、名残惜しげに剛直を抜き取る。それと同時にこぽりと音を立て、血が混じったピンク色の白濁が私の中から大量に溢れてきた。

ぐったりとしているとルシウスに抱きしめられた。

温かい体温が気持ち良い。髪を優しく撫でられ幸せで、彼に擦り寄った。

「アリシア、愛している……僕と結婚してくれてありがとう」

愛に溢れた言葉に涙が零れそうになる。

今はこうやって、お互いに好きだと言い合えるのがとても嬉しい。

「私も同じよ。私の結婚相手があなたで良かった。愛しているわ」

だから心を込め、そう答えた。

「……」

私を抱き寄せ、髪を撫でていた手がぴたりと止まった。

「アリシア……」

「なあに？」

やっと手にいれた幸福に浸りながら顔を上げると、ルシウスが何故か参ったという表情をしていた。何かあったのだろうか。不審に思いルシウスを見つめ続けていると、彼は気まずげに言った。

「君があまりにも可愛い事ばかり言うから、一度じゃ収まりがつかないみたいだ。……初めてで身体がきついのはわかっているけれど、もう一度君を愛して良いか？　ぎりぎりまで君を感じていたい」

二回目がしたいと言うルシウスに驚くも、私はこくりと頷いていた。

「嬉しい……」

むくりと再度立ち上がった彼のモノをお腹に感じ、私は微笑んだ。

だってこれは、彼が私を好きだと思ってくれる証《あかし》みたいなもの。嫌だなんて露ほども思わない。

私の答えに、ルシウスが喜色を露わにした。

「アリシア……これでようやく本当に僕だけのものになった。もう君を、絶対に離さない」

そう言いながらルシウスが私の足を割り開いた。

熱い肉棒がもう一度、私の中にずぷりと侵入してくる。

「っ……あっ」

中に放たれたものが潤滑油の働きをするのか、全く抵抗がなく奥まで入った。

すぐにルシウスが動き出す。私の腰を両手でつかみ、奥へ奥へと打ちつける。

「あっあっあっ……」

身体にくすぶっていた熱が再燃し、快感へと切り替わって行く。

「アリシア、アリシア……」

うわ言のようにルシウスが何度も私の名前を呼ぶ。

それに私も必死で応えた。

「ひゃっ……ああんっ……ルシウスっ」

しがみつくと、ルシウスはくすりと笑った。

「可愛い……アリシア、ほら、起き上がって」

「え……」

ひょいと身体を持ち上げられ、繋がりあったまま起こされた。その状態でルシウスは足を伸ばし、
結果として向かい合わせで彼に跨《また》がった体勢になった。

「んぁっ」

自重で更に深くルシウスと繋がる。一番深いところまで届いた感触に、私は身体を捩った。

「ああんんっ……深い」

「ああ、君の奥まで届いている。アリシア、ほら、腰を動かして」

「は……い……」

ルシウスの求めに応じてゆるゆると腰を動かした。

恥ずかしくてたまらないのに、それでもルシウスに望まれると断れない。

彼の肩に手を置き、上下に腰をゆるく揺すった。

「ふっ……ああっ……」

自分で動くせいか、自然と気持ち良い場所を擦りつけてしまう。それにより、覚えのある絶頂感がすぐに私の全身を支配した。

「あっあっ……」

上り詰めそうになり、たまらず腰の動きを落とそうとする。だが、ルシウスはそれを許さず、下から思い切り突き上げてきた。

「ひあっ‼」

「もっとちゃんと動いて、アリシア。気持ち良いんだろう？　ほら、君の良いところはここ？」

「っ……んんんっ」

私が擦りつけていたところをわかっていたルシウスがその場所を突き上げる。その度にびりびりと背中に快感が走る。

「あっあああっ……んんっ……ルシウスっ、おねが……」

「イキそう？　じゃあまた、一緒にイこう。また君の中に出すから、僕の精を受け取ってくれ」

「は……いっ」

涙目になりながらも彼の言葉に頷いた。痺れるような陶酔感が続いている。

ルシウスがもう一度、私をベッドに倒し、上体を私に押しつけながら腰を穿つ。

先ほどよりも早い抽挿に私は翻弄され続けた。

「んんんっ！　んぁあ、あああっ」

「好きだっ、好きだ、アリシアっ」

「あああっ」

腰を強く押しつけられ、また勢いよく熱い滴りが私の中に注ぎ込まれる。

私は足を彼に巻きつけながら、その全てを受け取った。なんとも言えない充足感に包まれる。ルシウスが熱い息を吐き出しながら言った。

「アリシア……ダメだ、全然収まらない」

「ルシウス？」

終わった筈なのに、またむくむくと私の中で大きくなって行くルシウスを感じ、私は目を瞬かせた。ルシウスの瞳には、まだ情欲の炎が灯《とも》っている。

「ごめん。君が愛おし過ぎて、我慢していた期間が長過ぎて、止まらない」

「……良いの。あなたが望むだけ、して。それが私の望みでもあるから」

「アリシア？　良いのか？」

彼が愛しくて仕方ないのは私も同じだ。だから、彼の背を抱きしめながら想いを込めて囁いた。

「勿論。大好きよ、ルシウス」

「僕も君を愛している。これからはずっと一緒だ」

「ええ」

ルシウスと目が合う。

こつんと額を合わせて、二人くすくすと微笑み合った。

――望んでいた幸せのカタチが、ここにはあった。

◇◇◇

「ルシウス！　あっちの店にも行ってみたい！」

「わかった、わかったからそんなにはしゃぐな」

婚儀からひと月程経って、私はルシウスと共に変装してエステバン王国の王都へと繰り出していた。

どうしてこんな事をしているのかというと、律儀なルシウスが学園にいた時に「今度デートをしよう」と約束した事を覚えていたからだ。彼からは「フロレンティーノ神聖王国にいた時でなくて悪かった」と申し訳なさそうに謝られたが、とんでもない。私はルシウスが約束を果たそうと努力してくれた事がとても嬉しかった。とはいっても、彼も王太子。当然暇な身分ではない。執務の調整やら色々あって時間はかかってしまったものの、それでも今日、こうしてデートの約束は履行されたという訳だ。

ルシウスと一緒に店を回ったり食事をしたり、憧れていた夢が現実となり、私はとても満たされた気分で歩いていた。

「エステバンの王都って楽しいわね……あっ！」

「アリシア？　どうした」

不思議そうな顔をするルシウスになんでもないと微笑んだ。

だが、実際は少しドキドキしていた。

私からぎりぎり見える路地裏。二人の美少年が手を繋ぎながら、そこへ入って行くのが見えたからだ。お互いを見つめあっていた二人の関係性などすぐにわかる。恋人同士だと思われる二人は、路地の奥へと消えて行った。

ふわあああああ。萌えるわあああ！

久々にみた美少年カップルに私の心は燃え滾った。

彼らはこれからどうするつもりなのだろうか。二人きりになれるところに移動し、ひそやかに睦《むつ》みあったりするのだろうか。

ふおおおおおおおおお！

うっかり想像してしまい、思い切り悶《もだ》えた。

「アリシア？」

「う、ううん。なんでもないの」

もう一度声を掛けてきたルシウスにできるだけ真顔で答える。

さすがに夫に、自分が何に萌えていたのかなんて知られたくない。

私は追及されるのを避けるべく、先ほどから疑念を抱いていた事を尋ねてみた。

「意外と契約獣を連れて歩いている人っていないのね。私、エステバン王国では皆契約獣を連れて歩いているものだとばかり思っていたわ」

ルシウスは今日も足元にフレイヤを連れている。この小さな黒猫は、こう見えてもエステバン王国最強の召喚獣。だから護衛もいらないのだが、周囲を見渡してみてもルシウスのように契約獣を連れている者は一人もいなかった。きっと王都を歩けば、たくさんの召喚獣を目撃するに違いないと思っていたので、正直拍子抜けである。

「ああ、こいつは特殊なんだ。普通の契約獣は、召喚士に召喚されるまで異界で眠っている。こいつのこれは……契約だ」

「そうなの？」

じっと黒猫を見つめると、顔を上げたフレイヤはにやりと笑った。

その仕草が猫ではなく、何か別のものに見えて驚いた。ルシウスが咎めるように言う。

「フレイヤ。お前、アリシアを驚かすな」

「だって、主がいつまでも俺を紹介してくれないからさ」

「猫の姿でもしゃべる事ができるの？」

突然響いた声に驚き、しゃがみ込む。まじまじとフレイヤを見つめていると、ルシウスが面倒くさそうに頷いた。

「特殊例だと言っただろう。契約獣との会話は、脳内会話が殆どだ。こいつは契約の時に、人間を観察したいと要求してきたんだ。それに僕は応じた。だからずっとこちらの世界で顕現しているし、僕らと同じように話もする。……物を食べる事だってできる」

「すごいのね……」

ほーっと感心していると、フレイヤがふふんと自慢げな顔をした。

「そうだろう、そうだろう。こんにちは、お姫様。主と結婚できて良かったな。俺はもう途中くらいからどうなる事かと気が気じゃなかったんだ……」

うううと器用に泣き真似を始めたフレイヤに、ルシウスが怒鳴りつける。

「フレイヤ！　お前は余計な事を言うな！」

「だって本当の事だろう。俺がいくらヒントをやっても無視するし、一人で突っ走るし……お姫様が我慢強い人で良かったよなあ」

「……」

そういえば、真相を聞いた時に「フレイヤに随分言われた」と言っていた気がする。

契約獣と主のコントのような遣り取りに思わずくすりと笑ってしまった。

「私も、挨拶がまだだったわ。改めましてこんにちは。アリシアです。長い間私を守ってくれてありがとう。ルシウスから聞いているわ」

学園にいた時でも、そして眠りについていた王宮でも。彼が警護してくれていた事は聞いていた。

「あれは主の命令だから、お姫様が礼を言う事じゃない」

「それでも言わせて。ありがとう。ルシウスといつも一緒にいるのなら、私とも一緒だって事だから……これからもよろしくお願いします」

ぺこりと頭を下げれば、照れくさそうにそっぽを向かれた。

彼の本性が魔神だという事はわかっている。それでも仕草が可愛いなと思っていると、ルシウスが「もう良いだろう」と言って私の手を引っ張り、立ち上がらせた。

「フレイヤの事はいい。せっかく町へ出たんだ。もっと楽しもう」

「私は十分楽しんでいるわ。ルシウスと一緒なんだもの。それ以上に楽しい事なんてない」

「っ！　君は……」

きっぱりと告げれば、ルシウスは耳を赤くした。

なんだろう、すごく可愛い。

普段は格好良いと思っている夫が可愛く見え、つい言葉にしてしまう。

「ルシウス、可愛い。大好き」

「……」

こちらを凝視したまま黙り込んでしまったルシウスを、フレイヤが笑いながらからかった。

「ははっ。俺にくだらないヤキモチ妬《や》いている場合じゃねえな、主。ちゃんとお姫様に応えてやれよ？　自分の伴侶だろう？」

「お前に言われなくてもわかっている。全く……近頃の契約獣は……」

ぶつぶつ言って、ルシウスは私の方に向き直った。

「僕の方が君を愛している。……そうだな。もし君を奪われでもしたらイフリートをけしかけて、そいつを殺してしまうくらいには。――覚えておいてくれ。ようやく君を手にいれたんだ。これから先、何があっても、僕は君を絶対に手放さない」

「……え、えっと。はい」

殺すという言葉に内心驚きつつ頷いた。だが、ルシウスは真剣な顔で私に忠告してきた。

「本当の事だ。多分僕はイフリートを使う事を一瞬も躊躇わないだろう。君も僕に人殺しをさせたくなかったら、絶対に僕の側から離れないでくれ」

「……わかったわ」

最強の魔神を使役する彼が言うと洒落《しやれ》にならない。でも、ルシウスの側以外に私のいたい場所なんてない。彼が側に居てくれるのなら、どんな場所だって私にとっては天国だ。

そう思いながら、ふと、以前彼が口にした言葉に、今更ながらも引っ掛かりを覚えた。

フレイヤの正体は魔神だ。それならもしかしてあの時の台詞は――。

「ねえ、ルシウス。前に魔法戦に出ないのかって聞いた時に、あなた「フレイヤを使えば瞬殺だ」って言っていたわよね。あれってもしかしなくてもやっぱり、瞬殺されるじゃなくて、瞬殺してしまうって意味だったの？」

魔法戦の時に話した事を思い出しながら尋ねれば、ルシウスもフレイヤも二人して、呆れた顔を向けてきた。

「当たり前だろう。それ以外にあるか？　だいたいこいつは好戦的なんだ。わざと負けるなんて器用な真似、できる訳がない」

「だよなー。出ろって命令されたら出るけど、たとえ猫のままでも問答無用で焼き尽くすぜ。俺、わざとでも負けるなんて大嫌いだからな」

「そういう事だったのね……」

どうやら完全に私の思い違いだったらしい。

なるほど、確かにそれではいくら許可をもらっても魔法戦に出られる筈がない。

使う召喚獣は魔神イフリート。上級魔法を少し使える程度の学生では足元にも及ばない。間違いなくあっさりと優勝してしまうだろう。しかもルシウスの正体もばれるというおまけつきとなれば、彼が出場を渋っていたのも当然だった。

納得していると、ルシウスに手を引かれた。ゆっくりと歩きだす彼の足取りに迷いはない。またどこかへ連れて行ってくれるつもりなのだろうかと思い、ルシウスに尋ねた。

「ねえ、どこへ行くの？」

「……どこに行くというか、まあ、約束だな。待ち合わせをしている」

「待ち合わせ？　誰と？」

「行けばわかる」

不明瞭な答えに首をかしげる。私にエステバン王国での知り合いはいない。ついひと月程前に嫁いできたばかりなのだから当たり前だろう。嫁いでからはずっと城の奥で過ごしていたので、誰かと知り合う機会もなかった。

「わかるって……私の知っている人なの?」

「ああ」

「ふうん」

デート中に待ち合わせの約束をいれるくらいだ。ルシウスだけの知り合いという線は薄いであろう。だが一体誰と。

彼と私の共通の知人と言って思い浮かぶのは、それこそ魔法学園に在籍していた時に共に過ごした旧執行部のメンバー達くらいだが、彼らには正体を隠していたし、多分違うだろう。ルシウスと彼らは、それこそ犬猿の仲だった。

「……誰かしら……」

手を引かれたまま考え込むもやっぱりわからないし、いくら聞いてもルシウスは「会えばわかる」の一点張りだ。それでも、彼が楽しそうにしている事だけは理解した。口元には笑みが浮かんでいるし、顔つきも優しい。一緒についてきているフレイヤも機嫌が良さそうだ。嫌な人物に会う訳ではなさそうだと思い、少しほっとした。

大通りを進み、やがてルシウスは王都の中心にある広場へと私を連れてきた。広場中央には噴水があり、国民の憩いの場となっている。

自然と噴水の方に目を向ける。その付近は特に多くの人が行きかい、噴水脇に腰かけて読書をしている人達もいた。待ち合わせスポットとしても使われる事が多そうな大きな噴水。絶え間なく水を噴き上げているそれを眺め、私は視線をその前にずらした。

「え……？」

視線がある一点で止まる。絶対に、ここにいる筈のない人達がそこにはいた。

フロレンティーノ神聖王国で今頃は各自、役職について忙しく働いているであろう人達。

それはおそらく、研究所だったり、魔法師団だったり、宰相補佐だったり。

国の中でもかなりの重要ポストで、間違いなく、ここに居ていい人達ではない。

一人学生も混じってはいたが、それでももう新学期が始まっている筈だ。どちらにせよ、ここにいる意味がわからなかった。

「えと……ルシウス？　待ち合わせっていうのはもしかして」

「ああ、そうだ。彼らだ。僕が呼んだ」

「え……」

もう一度視線を向ける。

噴水の前には、非常に目立つ四人組が立っていた。揃いもそろって驚く程端整な顔立ち。学生服ではなく私服を着込んだ彼らは私を見つけると、当然のように笑顔になった。

「……な、なんで」

どうして彼らがここにいるのかわからない。

驚愕のまま隣にいるルシウスを見上げると、彼もまた、彼らと同じように楽しそうな顔で笑っていた。

「驚いたか？　それなら良かった」

さらりと告げられた言葉に目をぱちくりさせた。

「驚いたか、じゃないわよ。どうして彼らがここにいるの？　だって彼らは……」

「君の正体を知らない、か。さて、それはどうだろうな。皆、君を見て手を振っているが」

「え……ど、して？」

再度彼らの方を向く。確かにルシウスの言う通り、彼らは私を見ていた。

男ではなく……女の格好をした私を。

急な展開についていけず立ちすくむ私に、ルシウスが言う。

「ばれていないと思っていたのは君だけって事さ。アリシア。彼らはとうに君の正体について行き当たっていた」

「嘘……いつ？　そんなそぶり全く……」

――――気づかなかった。ルシウスの手を離し、考え込む。頭が混乱していた。

そんな私の様子を見て、ルシウスが助け船を出してくれた。

「……君が奇跡の魔法を使った時だ。医務室から漏れ出た光で気がついたらしい」

「あ……」

そうか――――。奇跡の魔法と言われ、私は得心した。

この魔法はかなり特殊な魔法だ。

対象者を光の繭に包んで癒すのだが、それが弾ける際、かなり派手に、しかも独特な感じで光る。ちょっと他に類を見ない現象なので、存在を知っている人には気づかれても仕方なかった。彼らは殆ど皆、上級貴族の子息だ。奇跡の魔法の事を知っていてもおかしくはない。

「君が眠りについている間に、彼らの方から僕にコンタクトがあったんだ。僕の正体に気づいたと同時に君の正体についても気がついたと。……卒業式の日、君にそれを告げなかったのは、彼らなりの優しさだったんだろう。勿論彼らは、君が僕と結婚する事も知っていた。……結婚式の時、彼らの姿を見なかったか？　彼らは参列者として参加していたぞ」

まだ混乱していた私は結婚式という言葉に反応して顔を上げた。

「あ……、じゃああの時彼らを見た気がしたのは、気のせいじゃなかったのね？」

挙式の折、旧執行部のメンバーの姿を確かに見たと思っていたのだ。

そんな筈はない、思い違いだとそのまま忘れてしまっていたのだが、彼の言う通りなら見間違いではなかったという事か。

「来て、くれていたのね」

……わざわざ隣国まで。

あの日の午前中は卒業式で、彼らも決して暇な訳ではなかったのに。

忙しい中、私が気づかないのを承知で、それでも祝福しにきてくれたのだと聞けば、胸が熱くなった。

「――君の事を頼むと、あの日、彼らに言われたよ」

ルシウスが静かに私に告げる。彼は穏やかに微笑んでいた。

「彼らも皆、君の事が好きだったのにな。僕に向かって君を頼むと頭を下げてきた彼らを見て、それこそ敵わないと思ったよ。……君を他の誰かに託すなんて、僕には絶対にできないからな」

「ルシウス……」

ただじっと彼を見つめた。

「今回、せっかくの機会だからと彼らに声を掛けたんだが、皆二つ返事で了承してくれたよ。君に会えるのなら是非にって。……良かったな、アリシア。男だろうが女だろうが、君は彼らからきちんと信頼され、認められている」

「……」

ぐっと腹の底からせり上がってくるものがあった。

ほんの、ほんの少しだけ考えていた。

――もし、私が女だと告げれば、その時彼らはどんな反応をするだろうか。と。

勿論、彼らの事は信じているから、蔑まれたりする事は絶対にないだろうとは思っていたがそれでも。全く不安にならなかったと言えば嘘になる。

今もこうして、男に扮していた時と変わらない笑顔を向けてくれる彼らには、感謝の念しか浮かばなかった。ルシウスが彼らに視線を向ける。

「――まあ、とはいっても、彼らの方もスケジュール調整は大変だったみたいだけどな。君も予想がついているだろうが、アルバは研究所。クアドラードは魔法師団。カルデロンは宰相補佐だ。学生のクレスポはまだましだったが、皆多忙でなかなか予定が合わない。デートを今日にしたのも彼らとの調整があったからだ。……約束を果たすだけなら、本当はもう少し早く連れ出す事もできたんだが……彼らに会える方が君も嬉しいんじゃないかと思って」

「……ありがとう」

なんとか礼を言うのが精いっぱいだった。それ以上は言葉にならない。

私のためにと骨を折ってくれたルシウスの気持ちが嬉しくて嬉しくて、ぎゅっと目を瞑った。

深く息を吸う。何度か深呼吸して、目を開けた。

彼らは変わらずそこにいて、私が行くのを今か今かと待っている。

「アリシア？　ぼーっとしていないで、早く行こう？　皆、待っている」

隣に並んだルシウスが手を差し出してくる。

足元のフレイヤも機嫌よく尻尾を立てていた。

正面を向けば、友人達が笑っている。

望んだ以上の幸せに包まれ、私は涙ぐみそうになりながら、できる限りの笑みを浮かべた。

――――この世界が本当にＢＬ小説の世界だったのか、今となってはわからない。

私は既にメインの話から離れてしまったし、何よりも私自身が、そんな事はどうでもいいと思っているからだ。

――だって私はもう決めた。

私はこれから、たとえ何があってもこの人と、彼らと一緒に今の世界を生きて行く。

「……ええ、そうね」

ルシウスに答えながら、キミセカの――小説の話はこれで綺麗さっぱり忘れてしまう事にする。いつまでも前世に囚《とら》われていては、私を認めてくれた皆に対しても失礼だ。

私もまた、前へと進んで行かなければならない。


――さようならキミセカ。そして萌えをありがとう！


「アリシア？」

返事はしたものの動こうとはしない私に、ルシウスが再度声を掛けてくる。

私はそれに、今度こそ破顔して頷いた。

「はい」

迷いはない。

私は素直に私が愛し、そして誰よりも愛してくれる人の手を取り、親愛なる友人達へ向かって新たなる一歩を踏み出した。

終章　全ては『彼女』の手の中に（王太子レンブラント）

「アリシアは幸せに暮らしているようですね」

妹からの手紙を読み、目の前で紅茶を啜る母にその手紙を返した。

妹が結婚して一か月程が経ったが、夫であるルシウスに日々愛され、幸せのようだ。

今日は、アリシアから手紙がきたからついでにお茶をしようと母に誘われ、専用のテラスで茶会となったのだが、今は親子二人きり。

女官達を下げさせてしまった今だからこそ、ずっと疑問に感じていた事を聞けると思った。

私は意を決し、母に問いかけた。

「母上……実際のところ、どこからどこまでが母上の策略なのですか？」

遠回しに尋ねても躱されるだけだ。

それがわかっていたので直球で尋ねると、母は面白そうな顔になった。

「あら？　どこからっていうのはどういう意味かしら？　レン」

「例えば、アリシアの婚約者にルシウスを据えたところからです」

ほぼ最初からだ。

だが私の答えを聞くと、母は満足げな笑みを浮かべた。

その笑みが何よりも正解だと言っているようで怖い。

母は、ふふふと秘密を打ち明けるようにウインクをした。

そして身を乗り出すようにして言う。

「だって、絶対にフェルナン王子はアリシアの好みだと思ったのよね」

「は？」

何を言い出すかと思えば、そんな事を口にする。

母は楽しそうに話し続けた。

「でも、フェルナン王子ってあんな噂を流しているくらいだから普通にしても結婚を受けてくれるとは思えなかったのよね。あなたの友人をやれているくらいだから気難しいのは折り紙つきだし。でも、アリシアには絶対にあの王子だと思ったの。譲れなかったのだから仕方ないわ」

「……」

私の友人をやれているから気難しいとはどういう意味だ。

今目の前にいる母より、よっぽど常識を備えている自信はある。

複雑な顔をした私を無視して、母は事のあらましをぺらぺらと語って行く。

きっと誰かに己の成果を自慢したかったのだろう。顔がうきうきと非常に楽しそうだ。

「エステバン王に協力してもらってまずは婚約だけ話を進めたの。向こうの王も、噂のせいで王子に婚約者ができないって悩んでいたみたいだったし、渡りに船だったわ。思った通り突然の婚約話に王子の方もこちらを気にかけてくれたし。アリシアが一番簡単だったわね。あの子は単純だから、噂に惑わされて結婚したくないってすぐにごねてくれたし……」

くすくす、と笑う母に顔が引きつった。

「そんな状況だからこそ、餌を差し出せばすぐに食いつくと思ったの。それで賭けに乗ったアリシアを魔法学園に行かせて。その話をやってきた王子にすれば、予想通りこちらも興味津々、僕も転入しますって言い出したのよね」

あくまでも自分の意思が大事だからと言う母。

それはその通りなのだが、あまりの話に開いた口が塞がらない。

それでも喘ぐように言った。

「……もしアリシアが、提示した三人のうちの誰かを選んだらどうするつもりだったのですか？」

母は全く取りあわなかった。

「それはないわ。フェルナン王子が学園に転入して接触を持った時点で、もう勝負は決まっていたも同然なのよ。だって彼はアリシアの好みど真ん中だもの。彼が近くにいて、他の男をあの子が見る筈がないわ」

「……」

娘の好みは完璧に把握しているのだと言い切る母に、ため息しか出ない。

「それでも懸念はあったのよ。もし、あの子がいつまでも便宜上用意した婚約者達にかまけているようなら、多分この縁談はダメになるだろうなって。それが知りたくて王子に報告をお願いしていたのだけれど……危なかったわ。もう少し遅かったら、王子は国に帰ってしまっていたわね。計画もおじゃんだったわ」

本当にぎりぎりだったのよ。

そう呟く母に、私は額を押さえ、小さく呻いた。

「ルシウスも気の毒に……」

思わず言葉が漏れたが、母は不思議そうに首をかしげただけだった。

「そうかしら？　結局アリシアに捕まって帰国を取りやめたのは紛れもなく彼の意思よ？　私は何もしていないわ」

「それはそうですが……」

「彼の報告書があの子に好意的なものに変化してきてからは、毎日が楽しかったわねえ。途中からは完全に結婚を意識したものになっていたもの。式の予定日をいつにするかなんて追記された報告書がきた時には、やったと思ったわ。私の娘よ？　惚れた男を逃す筈がないもの。それでもあれだけは、本当に良くやったと褒めてあげたいわね。どうやってフェルナン王子を落としたのか、考えるだけでも楽しいわ！」

「……母上、娘を使って妄想しないで下さい」

我慢できなくて、つい窘めてしまった。

母は全く気にした様子もない。にたにたと気持ち悪い笑みを浮かべている。

「うふふ。だってあの子ってば、とても良い素材の持ち主だもの。魔法戦で見たあの子とフェルナン王子の組み合わせは眼福だったわー。忙しい中わざわざ時間を作って見に行った甲斐があったというものよ」

「……私も無理矢理付き合わされたのですが」

あの時の事を思い出し、眩暈がしてきた。

母が男装した妹とルシウスを見て、きゃっきゃと大喜びしていた事を知っているのは私だけだ。

見目の良い男同士の恋愛のようだと、アリシアもやるじゃないかと言って大興奮していた母の姿は、女王を信奉する部下達にはとてもではないが見せられない。

「思った通り、奇跡の魔法も使ったしね」

さらりと告げられた言葉に反応した。看過できないと思った。

「……まさか、決勝の炎龍、あれは母上が？」

嫌な予感がして問い掛ければ、そこは笑って否定された。

「いやあねえ。そんな事私がする筈ないでしょう？　偶然よ。でもあの子は一瞬も魔法を使う事を躊躇しなかった。その時点ですぐに目を覚ます事はわかっていたわ」

「数年、などといってルシウスを脅していたくせに……」

魔法を使う相手への思い入れが強い程、早く目覚めるという事実は実はあまり知らされていない。

アリシアも多分知らなかったのではないだろうか。

母はうきうきと楽しそうに答えた。

「だって、アリシアがそこまで想っているのに、助けた彼がいまいちじゃあ、あの子が可哀想でしょう？　だから試したの。いいじゃない。彼は即答したわ」

「そうですね」

きっぱりと妹を待つと言った親友を思い出す。

ルシウスは元々結婚に否定的だった。

必要以上に整った容貌を持つ彼は、幼い頃から自らにむらがる女達に辟易《へきえき》していたからだ。その気持ちは私も理解できる。

それなのに、あれだけ結婚を忌避していた男が妹を待つと、はっきりと母に宣言した。

城に帰る時の母の満足気な顔が忘れられない。あの瞬間悟ったのだ。

――これは全て母が仕組んだ事なのだと。

思った通り、妹を連れ帰ってからは、母は急ピッチで婚姻の準備を整えさせていた。

どう考えてもこの展開を正しく予測していたとしか思えない。

「……相変わらず、恐ろしい方だ」

「やあね、レン。偶然よ、偶然」

茶目っ気たっぷりに笑っているが、本当は違う事くらいわかっている。

全てを見通す女王とまで言われる母だ。妹と親友の恋を成就させる事など簡単だったのだろう。

さっき尋ねた時は関係ないと言っていたが、おそらくクレスポの炎龍の制御が失われたのも……。

はあ、と再度ため息をつき、今度クレスポには気づかれない程度に便宜を図ってやろうと決める。

彼には申し訳なかったとしか言いようがなかった。

本当にいつもいつも母に振り回されて、頭痛がする。

ため息の止まらない私に、母が「そうだわ」と何か思いついたように手を打った。

……嫌な予感がする。とてつもなく嫌な予感が。

それでも聞かずにはいられなくて、私は恐る恐る母に問い掛けた。

「……今度は何を思いついたのですか？」

「次はあなたのお嫁さんを探してあげるわね！」

「勘弁して下さい‼」

全力で断った。

出会いから結婚まで全てを仕組まれるなど絶対に御免だ。

それがたとえ最終的には自分の意思なのだとしても、話の裏を知っている私には、素直に従う事などできそうにない。

「大丈夫よ。あなたの好みだってちゃんとわかっているから。安心なさい」

「止めて下さい！　本当に！　その時がきたら自分で探しますから‼」

殆ど叫び声に近かった。

必死に訴える私に、母がそう？　と面白くなさそうに言う。

「でもあなた、色めいた話の一つもないじゃない。せっかく王太子なんて地位に産んであげたんだから、可愛い女の子を一人や二人、つまみ食いするくらいしても良いのよ？」

「しませんから！」

何を言い出すのか、この母は。

「なんだ、残念」

本気で残念そうな顔をする母に、無意識ではあるが頬が引きつる。

「私は母上を楽しませるために、いるのではありません」

「ええー」

「止めて下さい……頼みますから」

私が常識人なのは、絶対に母が変人だからだ。

母を見ていると、自分はきちんとしなければと妙な焦燥感に駆られる。こうはなりたくないと、心のどこかが訴えるせいだと自分では思っている。

「ああ、残念だわぁ……。この間夜会で見たあの子なんて、絶対あなたの好みだと思ったのに……」

その言葉に心臓が飛び跳ねるかと思った。

先日行われた王宮主催の夜会に出席していた中に、少し気になる少女がいたのは事実だ。

誰にも言っていないのに、どうして母が気づいているのかと肝を冷やした。

別人だ。母が言っているのは別人に違いない。

普通ならそう思える筈なのに、相手が母だと信じきれないから恐ろしい。

本当に、母にはいつも驚かされる。

憮然《ぶぜん》としていると、母が紅茶のカップを手に取りながら言う。

「冗談よ。あなたの事は心配していないから、自分の好きなようになさい。……あなたは私の血を特に濃く引いているみたいだもの。私が手を貸す必要もないわ」

「……」

それこそ冗談に聞こえない響きに、目を見開く。

母に似ている？　この私が？

止めてくれ。私は常識人として、正しく生き、国を導いて行くつもりなのだ。

母のような突拍子もない事は絶対にしない。

「ふふふ、そう思っているのならそれでもいいわ……。ああ、アリシア……早く孫の顔を見せてくれないかしらね。できれば女の子が良いわ。やっぱり女の子って可愛くって……」

「……そうですね」

話題を変えてくれた母に感謝しつつ、私も話に乗る。

だが、続けられた言葉には絶句した。

「初夜のために素敵な夜着を用意したのだけれど、着てくれたかしらねえ。アレを着て王子に迫れば、子作りに励む気にもなってくれると思うのだけれど」

「……母上」

一体母は何をしているのか。

ふううううっともう何度目になるかわからないため息をつく。母が妹の手紙を眺めながら小さく呟いた。

「――――自らの力でハッピーエンドを摑み取ったわね。おめでとう、アリシア」

「え？　何か言いましたか？」

「ふふ、なんでもないのよ」

喜色を浮かべた母の言葉は、小さ過ぎて私の耳には届かなかった。

視線を外の景色に移す。

空は青く澄み渡り、明るい陽射《ひざ》しが降り注いでいる。妹もこの空を見上げているのだろうか。

願わくは、わが友ルシウスといつまでも幸せであらん事を。

――妹と親友の幸せを祈り、私はすっかり冷えてしまった紅茶を何も言わずに飲み干した。

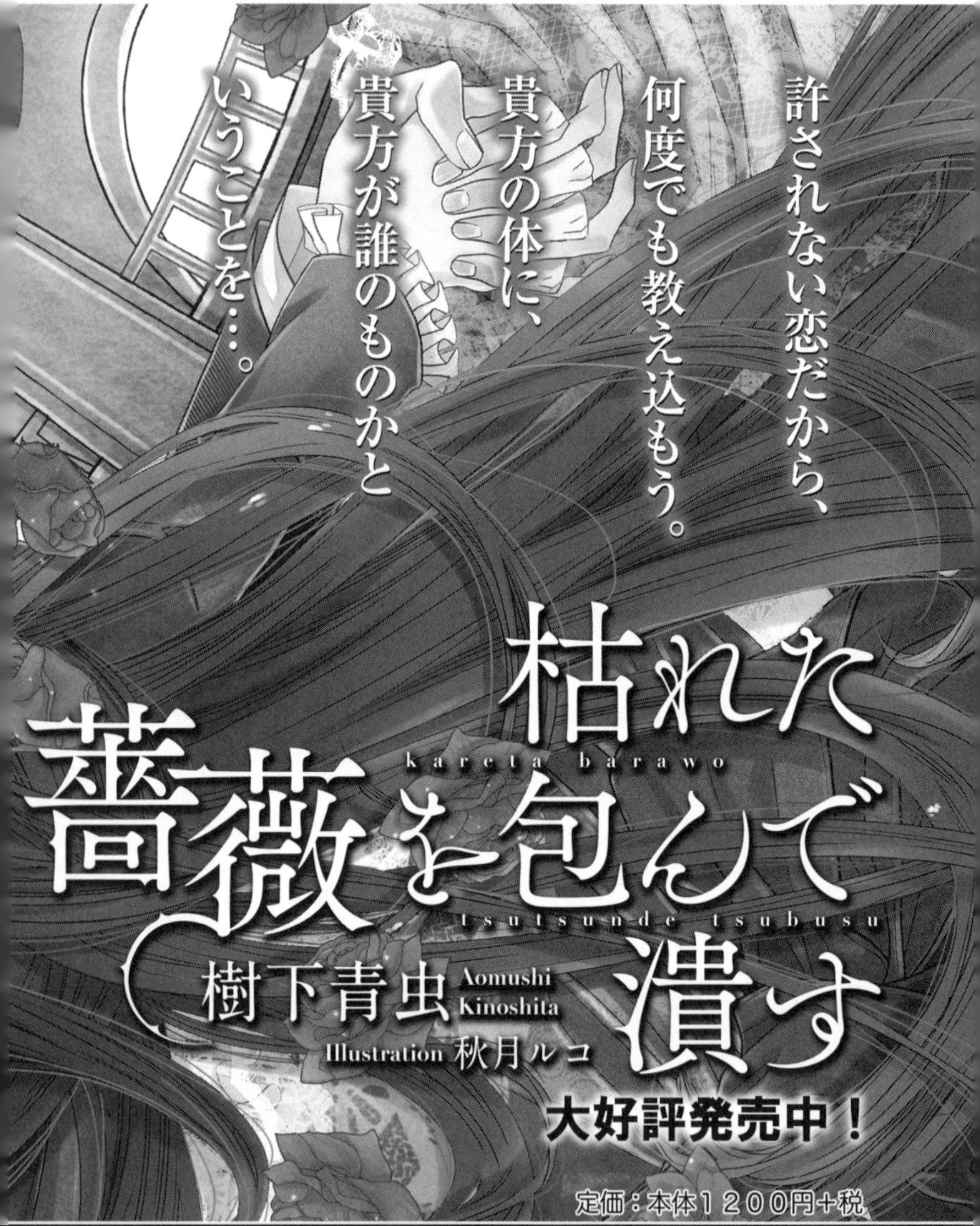

許されない恋だから、
何度でも教え込もう。
貴方の体に、
貴方が誰のものかと
いうことを…。
枯れた薔薇を包んで潰す
kareta barawo
tsutsunde tsubusu
樹下青虫 Aomushi Kinoshita
Illustration 秋月ルコ
大好評発売中！
定価：本体1200円＋税

更新を待ち望まれていた小説サイト
「ムーンライトノベルズ」大人気作品が、
3年の沈黙を破ってついに書籍化！

転生男装王女は結婚相手を探さない

著者　月神サキ

2021年2月28日　初版発行

発行人　神永泰宏

発行所　株式会社 J パブリッシング
〒102-0073　東京都千代田区九段北3-2-5 5F
TEL 03-3288-7907　FAX 03-3288-7880

製版　サンシン企画

印刷所　中央精版印刷株式会社

ISBN:978-4-86669-371-2
Printed in JAPAN